郁雨君

当时实在年纪小

人民文学出版社
PEOPLE'S LITERATURE PUBLISHING HOUSE

图书在版编目(CIP)数据

当时实在年纪小/郁雨君著. —北京：人民文学出版社，2017
(我们小时候)
ISBN 978-7-02-012695-8

Ⅰ. ①当… Ⅱ. ①郁… Ⅲ. ①散文集-中国-当代
Ⅳ. ①I267

中国版本图书馆 CIP 数据核字(2017)第 080750 号

丛书策划：陈 丰
责任编辑：朱卫净 李 殷
封面设计：汪佳诗
插 图：猪 蹄

出版发行 人民文学出版社
社 址 北京市朝内大街 166 号
邮政编码 100705
网 址 http://www.rw-cn.com

印 制 山东德州新华印务有限责任公司
经 销 全国新华书店等

开 本 890 毫米×1240 毫米 1/32
印 张 4.75
插 页 9
字 数 110 千字
版 次 2017 年 6 月北京第 1 版
印 次 2017 年 6 月第 1 次印刷

书 号 978-7-02-012695-8
定 价 29.00 元

如有印装质量问题，请与本社图书销售中心调换。电话：010-65233595

编者的话
大作家与小读者

“我们小时候……”长辈对孩子如是说。接下去，他们会说他们小时候没有什么，他们小时候不敢怎样，他们小时候还能看见什么，他们小时候梦想什么……翻开这套书，如同翻看一本本珍贵的童年老照片。老照片已经泛黄，或者折了角，每一张照片讲述一个故事，折射一个时代。

很少人会记得小时候读过的那些应景课文，但是课本里大作家的往事回忆却深藏在我们脑海的某一个角落里。朱自清父亲的背影、鲁迅童年的伙伴闰土、冰心的那盏小橘灯……这些形象因久远而模糊，但是永不磨灭。我们就此认识了一位位作家，走进他们的世界，学着从生活平淡的细节中捕捉永恒的瞬间，然后也许会步入文学的殿堂。

王安忆说："历史是胜利者的历史，记忆也是，谁的记忆谁有发言权，谁让是我来记忆这一切呢？那些沙砾似的小孩子，他们的形状只得湮灭在大人物的阴影之下了。可他们还是摇曳着气流，在某种程度上，修改与描画着他人记忆的图景。"如果王安忆没有弄堂里的童年，忽视了"那些沙砾似的小孩子"，就可能没有《长恨歌》这部上海的记忆，我们的文学史上或许就少了一部上海史诗。儿时用心灵观察、体验到的一切可以受用一生。如苏童所言，"童年的记忆非常遥远却又非常清晰"。普鲁斯特小时候在姨妈家吃的玛德莱娜小甜点的味道打开了他记忆的闸门，由此产生了三千多页的长篇巨著《追寻逝去的时光》。苏童因为对儿时空气中飘浮的"那种樟脑丸的气味"和雨点落在青瓦上"清脆的铃铛般的敲击声"记忆犹新，因为对苏州百年老街上店铺柜台里外的各色人等怀有温情，他日后的“香椿树街”系列才有声有色。汤圆、蚕豆、当甘蔗啃的玉米秸……儿时可怜的零食留给毕飞宇的却是分享的滋味，江南草房子和大地的气息更一路伴随他的写作生涯。迟子建恋恋不忘儿时夏日晚饭时的袅袅蚊烟，“为那股亲切而熟悉的气息的远去而深深地怅惘着”，她的作品中常常飘浮着一缕缕怀旧的氤氲。

什么样的童年是美好的？生长于上世纪六十年代、七十年代动乱时期的中国父母们很难回答这个问题。他们中的大多数人没有团花似锦的童年。“在漫长的童年时光里，我不记得童话、糖果、游戏和来自大人的过分的溺爱，我记得的是清苦，记得一盏十五瓦的黯淡的灯泡照耀着我们的家，潮湿的未浇水泥的砖地，简陋的散发着霉味的家具……”苏童的童年印象很多人并不陌生。但是清贫和孤寂却不等于心灵贫乏和空虚，不等于没有情趣。儿童时代最温馨的记忆是玩过什么。那个时代玩具几乎是奢侈品，娱乐几乎被等同于奢靡。但是大自然却能给孩子们提供很多玩耍的场所和玩物。毕飞宇和小伙伴们不定期地举行“桑树会议”，每个屁孩在一棵桑树上找到自己的枝头坐下颤悠着，做出他们的“重大决策”。辫子姐姐的宝贝玩具是蚕宝宝的“大卧房”，半夜开灯看着盒子里“厚厚一层绒布上一些小小的生命在动，细细的，像一段段没有光泽的白棉线。我蹲在那里，看蚕宝宝吃桑叶。好几条蚕宝宝伸直了身体，对准一片叶子发动‘进攻’。叶子边有趣地一点点凹进去，弯成一道波浪形”。那份甜蜜赛过今天女孩子们抱着芭比娃娃过家家。

最热闹的大概要数画家黄永玉一家了，用他女儿黑妮的话说，“我们家好比一艘载着动物的诺亚方舟，由妈妈把舵。跟妈妈一起过日子的不光是爸爸和后来添的我们俩，还分期、分段捎带着小猫大白、荷兰猪土彼得、麻鸭无事忙、小鸡玛瑙、金花鼠米米、喜鹊喳喳、猫黄老闷儿、猴伊沃、猫菲菲、变色龙克莱玛、狗基诺和绿毛龟六绒”，这家人竟然还从森林里带回家一只小黑熊。这艘大船的掌舵人张梅溪女士让我们见识了上世纪五十年代的小兴安岭，带我们走进森林动物世界。

物质匮乏意味着等待、期盼。比如等着吃到一块点心，梦想得到一个玩具，盼着看一场电影。哀莫大于心死，祈望虽然难耐，却不会使人麻木。渴望中的孩子听觉、嗅觉、视觉和心灵会更敏感。“我的童年是在等待中度过的，我的少年也是在等待中度过的……一次又一次的失望让我拥有了无与伦比的忍受力。我的早熟一定与我的等待和失望有关。在等待的过程中，你内心的内容在疯狂地生长。每一天你都是空虚的，但每一天你都不空虚。”毕飞宇在这样的期待中成长，他一年四季观望着大地变幻着的色彩，贪婪地吸吮着大地的气息，倾听着“泥土在开裂，庄稼在抽穗，流水在浇灌”。没有他少年时在无垠的田野上的守望，就不会有他日后《玉米》《平原》等乡村题材的杰作。

而童年留给迟子建的则是大自然的调色板。她画出了月光下白桦林的静谧、北极光令人战栗的壮美，还有秋霜染过的山峦……她笔下那些背靠绚丽的五花山“弯腰弓背溜土豆”的孩子，让人想起米勒的《拾穗者》。莫奈的一池睡莲虚无缥缈，如诗如乐，凡·高的向日葵激情四射，如奔腾的火焰……可哪个画家又能画出迟子建笔下炊烟的灵性？“炊烟是房屋升起的云朵，是劈柴化成的幽魂。它们经过了火光的历练，又钻过了一段漆黑的烟道，一旦从烟囱中脱颖而出，就带着一种超凡脱俗的气质，宁静、纯洁、轻盈、缥缈。天空无云，它们就是空中的云朵；而有云的日子，它们就是云的长裙下飘逸的流苏。”

所以，毕飞宇说：“如果你的启蒙老师是大自然，你的一生都将幸运。”

作家们没有美化自己的童年，没有渲染贫困，更不是“为赋新词强说愁”，而是从童年记忆中汲取养分，把童年时的心灵感受诉诸笔端。

如今我们用数码相机、iPad、智能手机不假思索地拍下每一处风景、每一个瞬间、每一个表情、每一个角落、每一道佳肴，然后轻轻一点，很豪爽地把很多图像扔进垃圾档。我们的记忆在泛滥，在掉价。几十年后，小读者的孩子看我们的时代，不用瞪着一张张发黄的老照片发呆，遥想当年。他们有太多的色彩斑斓的影像资料，他们要做的是拨开扑朔迷离的光影，筛选记忆。可是，今天的小读者们更要靠父辈们的叙述了解他们的过去。其实，精湛的文本胜过图片，因为你可以知道照片背后的故事。

我们希望，少年读了这套书可以对父辈说：“我知道，你们小时候……”我们希望，父母们翻看这套书则可以重温自己的童年，唤醒记忆深处残存的儿时梦想。

我们期待着更多的作家加入进来，为了小读者，激活你们童年的记忆。

童年印象，吉光片羽，隽永而清新。

陈　丰

目 录

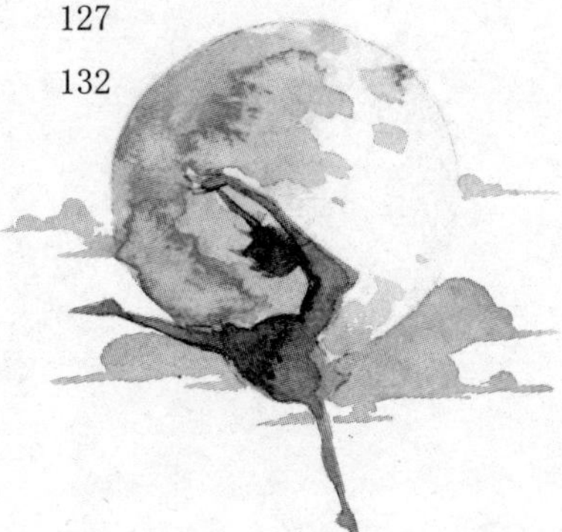

当时实在年纪小

当时实在年纪小，妈妈，你不要以为它是真的。

六岁，妈妈牵着我走过小镇上唯一的街。年轻的妈妈穿着天蓝色的毛衣。我的红外套是用劳动布做的，领口绣着一道道波浪，袋袋上还有两只小天鹅在游。

天气很好，礼拜六的下午妈妈可以不上班，弯到肉店割了块很小的精肉。然后，经过“向阳红”水果店。漂亮的大香蕉大模大样地躺在柜子里，弯弯的，金黄金黄，像一个个小月亮。

每天，妈妈会松开牵着的手，放我冲过去，陷在一堆月亮里转花了眼，最后总有一个属于我。

这回，妈妈头不抬手不松。是不是没有看见我的小月亮？我身体往后仰，扭啊扭。妈妈的手更用劲了。那天是月底，香蕉是从一个很远的叫做巴拿马的地方运来的，很贵。

妈妈强拉着小人儿一路跌跌撞撞。拐弯了，看不见“向阳红”了，小月亮在心底摇摇晃晃，碎了。

回到家，突然噙着泪轻轻易易地吐出这三个很重很重的字：“我——想——死。”

妈妈大惊：“你想好了？”

我认认真真点头，两手插在大口袋里，紧紧贴着身体。

妈妈不再说话，脸上挂满伤心，低着头在水池边洗小白菜。暮色像滴在毛边纸上的水渍，慢慢渗进屋里。

饭香和菜香结伴飘出时，爸爸下班了。他托着一只大苹果，大得满满盖住整个手掌心，一点一点靠近我的鼻尖。红苹果霎时间挡住了小月亮。

我抱着它，笑靥如花，小白牙在暮色里闪闪发光，奔向在炉边盛菜的妈妈：“小刀在哪里，在哪里？”

大了一点点的时候，我突然在一天里做了两件自以为罪不容赦的大坏事。那是在乡下做客，穿着好看的红皮鞋，连夹脚也全当是甜蜜的痛苦，独个儿坐着，美滋滋地享受，哪还敢和其他孩子一起到野地里踩水塘！

就在屋边晒太阳。隔壁毛奶奶的大竹匾里摊满了淡巧克力色的菜干，在正午旺旺的阳光里发出叫人心神不定的味道。咸菜干的滋味一抽一抽涌上来了，鲜鲜的，比话梅有嚼头。想啊想啊，顶好抓一大把放在嘴里一根一根慢嚼，没人陪的下午也会有滋有味。

坐在咸菜匾旁边，念头一旦上来，就和在米缸边散步的小老鼠没区别了。受不了了，勇敢冲啊，抓了一大把，慌慌张张带翻了整张匾。毛奶奶的声音像打雷，吓得我末路狂奔，手绢掉出来也不要了。

老太太会捏着我的手绢去告状，爸妈会被我羞死掉，还有喜欢我的新老师，她想让我做语文课的课代表。

我是小偷，躲到远远的晒谷场，恐惧还是如影随形，潮水一样涌来。一根菜干耷拉在嘴边，衔得湿湿的，哪里吃得出味道！

过了好久，我看见毛奶奶的大儿子在场上踏黄豆。乡下人说，用脚踏过的黄豆做出的豆腐才香。突然，我不顾惜自己的红皮鞋，奋勇冲过去，在一大堆黄豆上大踩特踩，踩得豆子四溅。

那个小伙子呆一呆，马上涨红脸凶巴巴地叫："走开！走开！走开！"

妈妈正好找来，一眼看见了我一塌糊涂的新皮鞋："你在做什么？"

那边，拄着拐杖的毛奶奶也一步步包抄过来了。

不好，不好，整个世界在眼里轰地倒下了！我撒开脚丫子跑，跑，一口气跑到了小河边。那时小河的水很清很清，可以看见小鱼儿吐泡泡。我呆呆地站着，为自己做的"坏事"感到害怕，决心不再回去见人。阳光还是好得要命，心呼呼地跳，突然想做条小鱼儿，在水里无忧无虑地甩尾巴……

幸亏小河很浅，只淹到一个塌鼻子的小女孩的肩……水里不大好玩，水草缠得我发腻。岸上，油菜花和紫云英开得正起劲。

她的舞跳得实在是好，腰间挂着的一大串钥匙宛如响铃般清脆地响个不停。幼儿园外边的小操场上，天空湛蓝湛蓝。小朋友都用晶晶亮的眼睛望着老师，像一群笨拙的小鸭子学跳舞。

我钻到楼梯间，把爸爸的咳嗽声和妈妈的埋怨声关到门外。我一个人蹲在楼梯下，看着自己鼻尖上的那点光亮一点一点隐下去，有点像太阳下山。

结果，妈妈一点也没骂我。她帮我洗了一个舒舒服服的澡，换上了暖烘烘的干衣服。小红鞋晾在满是阳光的大窗台上。

那天夜里，妈妈把我搂在怀里，身体颤抖了许久。她告诉我，生我时她有多痛多痛。妈妈说，她一直想让我成为一个好孩子，健康，快乐。

妈妈的眼泪一滴滴流到我的脸上，一滴滴淌成一条小河。

我是不是那个被放在树脂涂覆的草篮里顺水飘来的孩子，妈妈？

从此，不敢也不会再有那个念头。

那条清清浅浅的小河，解开了一个小女孩心里的死结。

天天天蓝

心里有了倾慕的人以后，你会全心全意地喜欢他（她），爱他（她），不知不觉模仿他（她），希望长大了也成为那样的人。天当然很蓝，阳光当然灿烂，因为他（她）是你轻盈的梦，把你希望的风帆鼓得满满的。

有首好听的歌一直在唱：“那时候天总是很蓝……”

六岁时，偶像是幼儿园里的曹老师。她那时候已经三十多岁了，而且很胖。

她的舞跳得实在是好，腰间挂着的一大串钥匙宛如响铃般清脆地响个不停。幼儿园外边的小操场上，天空湛蓝湛蓝。小朋友都用晶晶亮的眼睛望着老师，像一群笨拙的小鸭子学跳舞。

在曹老师的巧手下，小女孩扎起大辫子成了李铁梅，画上抬头纹成了沙奶奶；男孩子腰里别上小木枪成了郭排长……在台上表演时，爸爸妈妈把手掌都拍红了。

回去之后，我一个劲地求妈妈：“幼儿园老师最神气，妈妈也去当幼儿园老师好不好，好不好啦？”

大了一点点的时候，我崇拜妈妈。她眼睛大大的，脸庞光洁红润，软软的手常常抚着我的脸。

妈妈一个月二十八块钱工资，可她把生活安排得很好。每天牵着我走过小镇的街道时，在许多小孩羡慕的眼光里给我买一只弯弯的金黄的大香蕉。香蕉很贵。

夏天的傍晚，妈妈给我洗完澡，打开收音机，收听好听的歌曲：《三套车》《红莓花儿开》《莫斯科郊外的晚上》……

所以，现在我的朋友们常常诧异于我对这些老歌情有独钟，卡拉 OK 唱得蛮有味道。年轻的妈妈穿着天蓝色的泡泡纱睡裙，浑身散发着清香。我倚着妈妈，听她在一天劳累过后愉快而深情地哼着老歌。

我常常想，有一天我也要成为这样一个年轻的妈妈，即使在困窘的日子里，也要买小月亮般的金黄香蕉给女儿吃，毫不犹豫用三个多月的工资买一台音质很好的昂贵的收音机，放美丽的歌给小小的女儿听。

再大一点的时候，我羡慕轻描淡写地说“我刚从上海回来”的爸爸厂里的采购员，自然更敬佩走南闯北的人。有一天下午，妈妈把一床旧棉絮送到弹棉花的铺子里重弹。整个下午，我就坐在门口，看那个快活的小伙子在飞扬的洁白棉絮里弹奏乐器般忙碌，嘴里反反复复地哼着两句歌：“在那遥远的地方，有位好姑娘。”

小伙子的声音富有韵味。姑娘般修长的手指，有节奏地一弹一跳，不知疲倦。他说，他们家乡的雪像这棉絮一样厚，一样软。他又说，只要沿着任何一条铁轨走，就可以去任何你想去的地方。他在铁轨交叉的地方选择了一条路，就一直走到松江来了。

小伙子的额头冒出了晶亮的汗珠。他得意洋洋地报了一大串地名，都是我刚刚从地理书上学到的，而我那时最远只到过松江。那一次是去参加作文比赛，我提早交了卷，然后到县城最热闹的大街上自己做主买了几本本子和两支铅笔。

过了一些时候，小伙子把那床旧棉胎整治得松软洁白，焕然一新。我开始迷恋起这个职业来，天天跑去听那单调的弹棉花声，回去总弄得跟白毛女似的。我很想也背着一张曲线优美的弓，沿着铁轨到处走。弹棉花的小伙子，成了我的第一个职业偶像。

高中时，时兴牛仔裤与吉他。校规很严，课业很重，住校的我一样也不能拥有。香港歌星钟镇涛把这两样结合得十分完美。

那时的阿B很年轻，瘦瘦的，英气勃勃，穿着明黄色T恤和帅气的牛仔裤，拨弄着一把老吉他，深情款款地唱了好多首我们喜欢的歌。吉他宛如一把形状完美的钥匙，开启着我心中那扇美好的门。我想象自己就是他身边那个娇俏的戴着小红帽的女孩，我们一起唱着："啦啦啦啦……她摇摇头，对我笑一笑，送我一枝小小铜铃花。”

十七岁时的天空，多多少少有点灰暗。一天到晚念书，一天三顿饭站着吃，桌长从木桶里一勺勺分给你。我一心想做阿 B 身边的那个小红帽，在蓝天下放风筝，唱着老吉他伴奏的歌谣，不惜逃了夜自修去看他的《聚散两依依》。回来时一路狂奔啊，奔过大街穿过小弄堂跑进校门飞奔过操场，像捧着要融化的冰一样把记着的歌词赶快“倾倒”在纸页上。夜深人静时，用手指在胸前拨弄，哼着阿 B 的《聚散两依依》：“晚风啊，晚风啊，化为一句一句的低语，聚也依依，散也依依。”

我还动脑筋改写这个故事，用热烈的语言和眼神向要好的女伴灌输我构思的每一个细节。当然，故事里，阿 B 只和我一个女孩玩了。

故事如我所愿，重新演绎。故事里的每一个人物都像真的一样站在面前，仿佛可以听到他们轻轻的呼吸。

我是傻丫头，不美丽，却总是制造梦境，让偶像向我靠近。每每设计好了这些煞有其事的浪漫场景，我便饰演某段美丽故事的主人公。

那时，对偶像有了一点春心萌动的意思，虽然每每想起“女朋友”这几个字都会吓一跳。

大一的时候，我写了第一篇小说《偶像》。故事很简单：一个女孩迷上了红歌星达利，可她只能远远地看着众星捧月的他欲近不能。作为补偿，她找了一个很像达利的男友小林。他是公共汽车售票员，会把一分、一毛、一块的纸币整理得平平整整。女孩伴着这个形似神不似的家伙，恍然若失。可当她真的有一次离她的偶像很近时，发现正在卸妆的达利只不过是个有点臭脾气的普通的男人。豁然开朗的她从此堕回尘世，以珍惜的心情享受男友小林每天买给她吃的话梅。

故事里有我的真实心情，那时的我已把偶像的位置一点点摆正了。

偶像是梦，令你在梦境里飘飘欲仙。

历数一个个曾经追逐过的影子，有的率真，有的成熟，有的虚幻，有的真实。偶像是我对爱情、信念、人生，方方面面的优美生动的比喻。

在成长的每一个阶段，偶像就是未来，是闪闪发亮的新鲜与美丽。

有偶像的日子，天天天蓝。

蹲下来抱抱自己

傍晚，两个大人下班了，在灶间生炉子。爸爸跑到院子里，找了块木头，蹲在那里劈成小片做引火柴。妈妈在洗鸡毛菜，嘴里嘀嘀咕咕埋怨爸爸中午没有把炉子封好，结果要烧晚饭了，炉子灭了。

小柴片堆在炉眼上，盖了一团报纸。爸爸对着炉口使劲扇风点火，灶间里烟雾腾腾，妈妈都呛出了眼泪。

炉子不发火，妈妈就要发火，旧话重提："中午干吗不把炉子塞头塞紧点，手腕脱臼了是不是？"

我钻到楼梯间，把爸爸的咳嗽声和妈妈的埋怨声关到门外。我一个人蹲在楼梯下，看着自己鼻尖上的那点光亮一点一点隐下去，有点像太阳下山。

有首歌在唱“太阳下山明早依旧爬上来”。炉子灭了，还会重新旺旺地燃起来的呀，饭就可以煮好了，菜就可以炒好了。一家人坐在黄浸浸的灯光里，扒着饭嚼着菜喝着汤，妈妈会心平气和起来。爸爸会抿几口黄酒，拍拍我的头，脸上笑眯眯的，泛出红光。

暗下去的光线里有沙沙的声音。我养的蚕宝宝在一只鞋盒子里日长夜大，已经开始吃桑叶了。

踮起脚开了小灯，拖出蚕宝宝的“大卧房”。底下垫着厚厚一层绒布，一些小小的生命在动，细细的，像一段段没有光泽的白棉线。我蹲在那里，看蚕宝宝吃桑叶。好几条蚕宝宝伸直了身体，对准一片叶子发动“进攻”。叶子边沿有趣地一点点凹进去，弯成一道波浪形。

蚕宝宝多幸福啊！它们没心事，爱什么时候开饭就什么时候开饭，从来不用担心炉子会不会灭掉，煤饼发不发火。

蚕宝宝吃饱了叶子，懒洋洋地伸伸身子，休息了。

爸爸要到老虎灶打开水，大概是怕我一个人在楼梯间太闷，喊我一道去。

其实，我又玩出了一种新花样：视线落到水泥地板上，上面埋伏着隐隐的、淡淡的各式各样古怪的花纹，扭来扭去，横看竖看都不一样。我发现了一张古怪的脸：酒窝一边大一边小，一只眼睛睁着一只眼睛闭着，一丝丝小裂缝像极了一排密密的睫毛。还有几道水泥裂痕挤在一起，正好拼成了一个月亮的“月”字，一撇弯弯的，一横拱起来，形状很妖娆。蹲在地上，小猫咪一样悄无声息，一寸一寸往前移，有趣的发现一个接着一个。手指头敲敲地，那么神奇的图案下，会不会有一个特别神秘的地洞？嗵、嗵、嗵，天哪，好像是空心的！一脚探进去，数不尽的曲曲弯弯的台阶……还是逃出来吧，肯定要迷路的。

“别在楼梯间看小人书哦，光线太暗。跟爸爸打开水去，回来好早点烧饭！”妈妈的话是要听的，她正在火头上呢。

远远看去，老虎灶的水蒸汽里人影绰绰。

“哦，还要排队！”爸爸有点沮丧。

大概那天风向不对，镇上好多人家炉子都不发火。大人们讨论下来，异口同声地骂煤饼站，说他们卖的这批煤饼都不发火。

我跑到老虎灶旁边，蹲下来看烧火的老头身体和脑袋在水蒸汽里时隐时现。他咳嗽着，似乎喉咙一年四季都清爽不了。爸爸打好水了，东张西望地找我。我就蹲在他的脚边，咬着嘴唇一声不吭。这样和爸爸捉迷藏，太有趣。

爸爸再一次走近时，我悄悄拉了拉他的裤脚管。

“坏姑娘！”他敲敲我的头顶心。

牵着爸爸的衣角走回家，迎面看见一个小男孩，脖子上挂着一个大大的吹塑铁臂阿童木。我用力摇摇爸爸。

“哦，力气真大！”爸爸嘟囔了一句。

我也想要一个阿童木，一吹气，立起来跟我一般高。仰起头朝爸爸看，小手摇啊摇，眼神里满满的全是巴望。爸爸的脚步可一点也没放慢，皱起了眉头，像是在生气。我只好把那个蹿上来的强烈念头使劲往下压，快快地拖着脚步，进了家门。

炉火有气无力，铁锅里倒上油，很久没有大动静。妈妈又蹲下来，使劲地扇扇子。

“煤饼有问题，中午我明明把塞子塞紧了的。”爸爸开始申冤了。

“那你买煤饼的时候，不会自己看看清楚啊？”妈妈的反应更快。

两个大人都不响了，闷闷地看着锅里的油气泡一个一个消失。

肚子更饿了。神气的阿童木，顶天立地的阿童木，在我眼前晃啊晃。眼泪要冒出来了。蹲回那个角落里，把头搁在膝盖上，两只手环拢来，抱抱自己，轻轻地拍拍自己的背。一个小姑娘，蹲在暗暗的角落里抱着自己，就像未出世的小孩子全身蜷缩，躲在妈妈暗暗、暖暖的子宫里，那么柔软、安全、妥帖。眼泪，一点一点隐下去，没有了。

一天一天过着的日子，有时明亮，有时黯淡。情绪低落了难过了受了伤害了，稍微停一停往前赶的脚步，找一个安静的角落“蹲”下来，抱抱自己，拍拍自己，抚慰抚慰心灵和情感，让心境逐渐平和，回暖，一点一点调节到好的状态。然后，站起来，振奋精神，朝前看，向前走。

能够安慰自己的人，比较容易重新找回快乐。

大象鼻子

一到夏天我就想，最好不要吃饭，一天到晚喝汽水就够幸福的了。

爸爸胳肢窝里夹着两瓶我从来没见过的深颜色汽水回来了，一晃一晃，瓶里的气泡争先恐后地往瓶盖上蹿。

我太想知道这种汽水是什么味道了。我像小猫一样蹭到爸爸膝盖上，问题一个接一个：是酱油吗？是醋吗？是酸梅汤？要不要用水冲着喝……

爸爸最懂小姑娘的心思。小姑娘眼神闪闪烁烁的，热切地盯着这个玻璃瓶看。

用力一扳，爸爸飞快地掀掉了盖子，里面的气泡像是要把盖子都顶开来。噗嗤！场面够惊险，汽水已经漏出了一点点。爸爸往玻璃杯里倒，瓶口还冒着白烟呢。

爸爸和妈妈一人抿了一小口。

“像沙药水。”爸爸评论道。

“很爽口。”妈妈比较容易接受新鲜事物。

剩下的，全是我的。先闻到一股比盐汽水更特别的酸甜味道，接着就有一股气直往鼻里钻。咕嘟咕嘟，有点像酸梅汤盐汽水，还要浓好多，特别特别解渴。

爸爸说，厂里只有第一线战高温的工人才发给这种外国来的汽水。这叫“可口可乐”，一瓶抵得上好几瓶盐汽水。

“这么贵，水赶上油的价钱了。”妈妈把盖子按按紧，转身放到楼梯间，以后专门用来招待客人。

刚才简直是囫囵吞枣，几大口灌下去，根本没有仔细咂摸咂摸。小姑娘懊丧着，背起书包上学去了。

妈妈追出来：“大象也不带啦？”

鲜绿色的大象水壶里，满满的全是酸梅汤，一直

笃悠悠地吮着，甜甜的汁水从大象鼻子里流啊流，流到十岁小女孩粉红色的嘴唇里。小女生也喜欢玩，嘴巴早就不干了，可是喜欢看大象的身体有趣地一点点变浅，变回绿颜色，于是有口无心，仍旧把酸梅汤一口一口往肚子里吞。

橙黄的温暖的光晕，让我感到从未有过的踏实。一夜安眠，睁开眼睛天已大亮。妈妈站在床头，啪嗒，一拉台灯的开关，捏着我的鼻子唤醒我，好像压根儿没离开过一样。

漫到大象的鼻子孔。喝一口，温吞吞的，不辣，没有气泡，一点劲道也没有。

路上看到男同学徐张伟，他妈妈举着军用水壶在后头撵。他跑得比兔子还快，眨眼间拐到文化弄，没影了。

小学里刚刚装好沙滤水龙头。下了课，小男生和小女生都跑去抢龙头，成了课间最好玩的一件事。

小女生抢不过小男生，眼睁睁地等他们灌饱一肚子水。所以，小男生们谁也不肯带水壶，甩着两只手去上学，轻松又神气。

徐张伟最迷沙滤水。一排排黄铜的小龙头，出水口朝上，大拇指一压，清澈的小水柱就冒出来了。弯下腰张开嘴巴，小水柱冲着牙齿和舌头，咕嘟咕嘟往喉咙里吞。这样喝水的乐趣，军用水壶哪比得上！

开始真的口干，喝着喝着就玩起来了。用手掌去压，喷旁边同学的脸。男生们互相打水仗，女生们叫着跳开，自动撤离。

课间只有十分钟，要是谁霸住一个喝水龙头不放，后面的就用膝盖去顶他的屁股。徐张伟五十米跑第一名，从来不愁抢不到龙头，他早就研究过了，靠墙根的一个，水最大。

这个小男生如饥似渴地趴在龙头上，像鸵鸟久久地把头埋在沙地里，装了一肚子水，哐当哐当去上课。最后十分钟惨了，憋呀憋呀，盼星星盼月亮一样盼着铃响，再一次以冲向沙滤水龙头的速度，冲向厕所。

我不大去喝沙滤水，怕被溅上一身水。沈以宁也不去喝。她爸爸是镇医院的医生，连买回来的蛋糕也要放到锅里蒸一蒸才吃。那里一团忙乱兴奋的时候，我从椅背上取下大象水壶。酸梅汤在大象身体里沉沉地晃来晃去，大象就动起来了，咚咚咚，有心跳，有生命，在走路的样子。

笃悠悠地吮着，甜甜的汁水从大象鼻子里流啊流，流到十岁小女孩粉红色的嘴唇里。小女生也喜欢玩，嘴巴早就不干了，可是喜欢看大象身体的颜色有趣地一点点变浅，变回绿颜色，于是有口无心，仍旧把酸梅汤一口一口往肚子里吞。

妈妈天天老花样，酸梅汤，酸梅汤，还是酸梅汤。一个星期过去了，家里没有客人来。

“时间长了，怕是气要跑掉！”爸爸对妈妈说。

临放假的最后一天，先背水壶，再背书包，欢天喜地奔着去上学。气泡在大象鼻子里唰啦唰啦冒得欢腾。

小女生和小男生排着队，每人一口“外国汽水”。徐张伟也不去抢沙滤水了，深深地吮了一下大象鼻子，腮帮像小皮球一样鼓起来，走回自己的座位，一小口一小口地咽下去。

从长鼻子的顶端，大象一点一点淡下去，一直到脚趾头。大家一起分享的味道，可口更可乐。

回头想想，小女孩的日子，就是从一只大象的鼻子里，一天又一天，清清甜甜流过去的。

花台灯

我家住的弄堂叫天主堂。弄堂很宽，可以开一辆大卡车进去。直直通到底，就是一座小教堂，尖尖的顶，一年四季大门都关得紧紧的。我喜欢教堂的彩色玻璃。五六岁的小孩子，站在廊柱外，盯着彩色玻璃在日光里发出美妙的光，百看不厌。

我家就住在天主堂弄堂口，是腾空建起来的一幢门楼，楼下只有窄窄的一长条地方作为厨房，一家人在楼梯的背后吃饭。弄堂里住着的人就在我们楼底下进进出出。午睡的时候，我趴在地板上，楼板下钻上来各种各样的声音：隔壁阿婆在赶鸡，有人揿着车铃，磨刀的人一边咳嗽一边吆喝……

门楼那地方，后来要建一幢五层楼。我想象不出五层楼有多高，镇上的水泥楼没有超过三层的。

我们要搬家了。搬家也不吃力，总共几样家具。新家大了许多，有点空空荡荡的。更不好的是，爸爸妈妈晚上常常要去加班。我半夜里醒来，在日光灯的嗡嗡声里，房间又大又凄凉。我大颗大颗地掉眼泪。

“爸爸来呀！妈妈来呀！”哭到天亮，眼皮都肿了。

爸爸妈妈想办法换班。妈妈上夜班，先把我哄睡了，轻手轻脚地下楼。再过一个小时，上中班的爸爸就回来了。小姑娘敏感得要命，准时在妈妈关门的一刹那醒过来，像上好发条的闹钟一样。我从大床上爬下来，坐在楼梯口，死死盯着门把手，直到爸爸回来。

有一天，我在楼梯口等啊等，爸爸一直没有回来。我哭着哭着睡着了。第二天醒来，好好地睡在床上，盖着暖暖的被子。床头，多了一个银白色的铁灯架，圆弧形的铁丝像一双手掌，牢牢地捧着一只电灯泡。

妈妈在清晨回家了。

“给它做个帽子吧。”爸爸指指光秃秃的灯架，眼睛里有血丝。

早晨有多么安全美好！收音机里放着王洁实和谢莉斯的二重唱。爸爸在做泡饭。妈妈欢欢喜喜俯在箱笼边上找，棉的、的确良的、朱丽纹的、泡泡纱的，一块块拿到灯架上比比划划，只是一个劲地摇头。

中午从幼儿园回家，床头，一座美丽的新台灯亭亭玉立。玻璃纱的灯罩，很透光。蓝的、白的、大红的粗条纹，像一面外国旗。

晚上，关了日光灯，妈妈拧开花台灯，轻轻悄悄，有一搭没一搭地和小女儿说着话。橙黄的温暖的光晕，让我感到从未有过的踏实。一夜安眠，睁开眼睛天已大亮。妈妈站在床头，啪嗒，一拉台灯的开关，捏着我的鼻子唤醒我，好像压根儿没离开过一样。

花台灯下，爸爸妈妈教我写字。先教一个趴手趴脚的“人”，再教一个方方正正的“日”。第三个是一个“家”，这对小女孩来说实在有点复杂。妈妈握着我的手，一点、一横、一勾、一撇地教。妈妈说，字是一笔一画耐心写成形的，家也是一张桌子、一把椅子、一盏台灯、一台收音机，一点一点搭起来的。

念小学二年级的时候，我已经会写会念好几百个字了。小学生的我在灯下读书，写字，朴素清亮的灯光透过窗棂。做完功课，我就起劲地抄形容词：五彩缤纷、兴高采烈、金碧辉煌……它们把我的每一篇作文都打扮得漂亮夺目。

到了夏夜，小虫、飞蛾被灯光吸引住了，勇敢地朝灯罩撞着。蝼蛄最莽撞，像一颗颗流弹，呆头呆脑撞着小姑娘发亮的脸庞，击得双颊生疼。

“换一个暗一点的灯罩吧。”妈妈说。

新的灯罩做成了，开满了灰的、粉红的、浅紫的花，和母女两人身上的连衣裙一模一样。

花台灯常开不败，小学生变成了松江县城里的中学生。星期六回来，在花台灯下遮遮掩掩地写日记。女孩，有了花一般的心事。

花台灯是爸爸和妈妈爱的结合，照亮了一个女孩的童年和少年。

遥远的年历片

十四岁以前，每次过年拿了压岁钱，第一件事就是跑到书店里，蹲在摆满年历片的玻璃柜台前，幸福地挑来挑去。

平版印刷的便宜一点，花样也不少。有一套小英雄造型的面人年历片，深蓝色的底，草原英雄小姐妹身体扑在两只小羊羔上，帽子上飞满雪花；送鸡毛信的儿童团员，手拢着嘴高喊“乡亲们，鬼子进庄啦”；潘冬子头戴闪闪的红星，背着步枪仰望北斗星……凹凸版的贵好多，有一套就更漂亮了。

书店里带着蓝袖套的老伯伯很耐心，一套一套拿出来，铺满了半个柜面。我眼睛都花了。《四季花卉》里菊花最好看，丛丛卷卷的花瓣丝，像洋娃娃的金发；《熊猫啃竹子》，竹节一节节凸出来，用指尖轻触，感觉很逼真；《天安门广场》，五彩的焰火亮晶晶的，丝路花雨一般缤纷……老伯伯戴上老花镜，陪着我一张一张认真地看。

“还是花好。春天看牡丹，夏天赏荷花，秋天闻菊香，冬天迎腊梅。”老伯伯认真地建议。

很中意这套《四季花卉》，也想着《天安门广场》，因为美丽的焰火深得我心。最好能从每一套里都挑上一张最好看的，拼成最精彩的一套，那就好啦！心神不定地付了钱，捧回去的却是那套《熊猫啃竹子》。

妈妈正在用砂锅煮笋干。我跑到楼上，捧着我的木盒子下来。已经攒了大半盒子的年历片了，对我，那是笔了不起的财富。晚上，一家人睡在五尺半的大床上，打开宝贝盒子，被面上就摊满了一小张一小张发着光的年历片。闭着眼睛，一边摸一边去猜每套年历片的名字。指尖上有点痒痒的，新来的“熊猫”在舔我的手啦……

爸爸妈妈也欢喜，三个脑袋凑在一起看。年历片的图案，政治气息比较淡一些，花卉、动物、风景、工艺品，让看多了齐刷刷的大感叹号或者大标语的两个大人的眼睛和心灵都安静了许多。从前到后，一张一张翻过去……

一九七六年，我们还住在弄堂口，一面窗对着大街。窗外，敲锣打鼓一路吹呼着“粉碎‘四人帮’”的人群一批批走过。不久，房子就拆了，我们临时住进了镇上最老的水泥公房“解放楼”。与我们合用一个厨房的小妹婆婆，她家的玻璃台板底下压满了老年历片。我跑去看，也不声响，跪在方凳子上一张张数过来，整整三十二张！我一直看，看得小妹婆婆都明白了我的心思。可惜呀，它们都牢牢粘在了玻璃板上。小妹婆婆翘着小指尖，一毫米一毫米地挑进去，得到了三张万分珍贵的完整的年历片：《各族人民向太阳》、《哪吒闹海》、《我们的人民公社》。

一九七七年，有一天我抱着小木盒子，坐在搬家的黄鱼车上，穿过中学校门外的篮球场。新家写字台上压着的玻璃板下，很空寂。

妈妈说："压几张旧年历片吧！"

我的头摇得拨浪鼓一般，舍不得呀！

一九七八年，穿着毛领皮夹克的飞行员小叔叔抱着我，躲开一帮堂弟妹，在书店里慷慨地让我挑了整整五套新年历片。晚上，灯关了，躲在被窝里，用手一张张数着，摸着，好看的图案迷迷糊糊地在心间一一闪过去，闪过去。

令人惊讶的事还在后头。三个背着照相机的年轻叔叔有一天走进了我们小学三（1）班的教室。

他们盯着每一个小学生的脸看了又看，还轻声商量着。

"这个眼睛太小。"

"有酒窝的小姑娘皮肤蛮白的。"

"男男头鼻涕揩掉也蛮好看……"

小公主一样的沈以宁被叫上去了。长辫子的朱蕾和拖着鼻涕有两个小酒窝的徐张伟，也被叫上去了。背照相机的叔叔眼睛还在跳来跳去，哪一次也没落到我的头上。我是功课最好的小姑娘啊！

沈以宁、朱蕾还有徐张伟，跟着照相机走出去了。

剩下的小姑娘们非常难过。这样一来，班级里第一次分出了好看的小姑娘和不好看的小姑娘。好看的小姑娘只有两个，剩下的全是不好看的小姑娘，我也是。

接着上课，一帮小学生成了有口无心的小和尚。除了羡慕，更有好奇：给她（他）们拍照片，派什么用场啊？

第三节课的时候，好看的小姑娘和小男孩回来了，脸通通红。

"我们要上年历片喽！"

天哪！我情愿用全年级第一名去换这样一次机会。我的木盒子里要是有一张"我"的年历片，我都要幸福死了！

我一声不吭。

妈妈为什么不把我生成一个好看的小姑娘！黑黑的，才三年级，鼻子上就架了一副黄框近视眼镜。

一个照相的叔叔又回来啦！不好看的小姑娘抬起了头。

站在操场边上，靠着一棵水杉树，捧一本老师的备课本（比较厚也比较大），装出读书的样子。本子上的字其实大半是看不懂的，我的姿势也一定很僵很僵。

那套要印出来的年历片的名字叫《勤奋学习，实现四化》。摄影师想来想去，除了好看的小学生，一定还要有一个很用功的小学生。我是三年级里唯一戴眼镜的小女生。

小木盒，天天在等最珍贵的那一张年历片。

十八九年都等过去了，那么遥远的年历片，遗失在时间长河里的哪一段了呢？

一个孩子朝前走

我还记得在松江县泗泾小学的最后一个黑白定格。

一九八二年夏天，我们在设置在泗泾中学的考场里进行了最后一场小学毕业考。数学课陈老师带着我们回到小学，他举起相机，为一个个学生留影。我记得我拍了两张。一张是在教学楼的底楼，站在台阶旁边，挨着一盆绿色植物。阳光有些晃眼，一个小女孩眯缝着眼睛在笑啊笑。另一张是站在三楼新装修的会议室外。至今还记得那个会议室的样子：乳白色的壁灯，深棕色的护墙板上面镶着暗绿瓷砖的贴边。当我第一次看见这个大房间完整的场景时，小小的心眼里充满了激动和惊叹。

在一篇作文里，我用尽了所有知道的形容词去描绘它，什么金碧辉煌呀，什么流光溢彩呀，把它描绘得美轮美奂。那时，我是没有出过远门的孩子，去过的最远的地方就是松江县城，所以我觉得世界上最美丽豪华的房间就藏在我读书的小学校里了。

毕业那天，我右手靠着栏杆，旁边就是我心目中最美丽的房间。一个短发的女生，黑而瘦，平时大多数时候显得略微严肃。可那天穿着蓝色圆点棉布连衣裙的我，头发微微飞扬，笑容轻盈明亮。陈老师的相机喀嚓一声定格，留下了我整个小学时代最好看的一张照片。

我在那个小女孩的眼睛里读到了一句话：嗨，你们不知道我的将来有多好！

那个下午，陈老师以风一样的速度，留下了八二级一个个小学生可爱的笑脸。我的那些同学们——沈以宁、金佩、邵伟、朱蕾、沈峰、王平……红领巾在脖子里形态各异地歪着。我们咧着嘴，带着终于完成毕业考的轻松，一个个笑得心花怒放。

我们真的是孩子，根本没有意识到这是别离，没有意识到这已经是整个小学时代的最后定格。我们像一只只终于解放了的小鸟，迫不及待地想扑进可以尽情玩乐的暑假。

暑假没过几天，瘦高瘦高的陈老师，用拳头急促地敲开我家的院门。他还是像风一样刮进来，摊开一本成绩单，哗啦哗啦一页页翻，一个个指给我看我的那些同学的成绩和考取的中学。我等啊等啊，他似乎故意让我焦急，久久捂着那个呼之欲出的成绩。最后，他轻声报出了一个分数:292.5分。整个小学的最高分，属于我。

终于揭晓的那一刻的戏剧性惊喜，我依然记得。小小的心房中一种要冲决开来的快乐，几乎让自己站立不稳。在这以后，在整个漫长的中学时代，我都是一个偏科的孩子，而且因为偏科而黯然，因为偏科而越来越不像小学时那么醒目。但是，我的小学时代给过我的那种完整的自信，一直顽固地埋藏在那里，像一颗小小的种子，努力往上顶呀顶呀，直到有一天终于破土而出。

小木盒，天天在等最珍贵的那一张年历片。

十八九年都等过去了，那么遥远的年历片，

遗失在时间长河里的哪一段了呢？

那天穿着蓝色圆点棉布连衣裙的我，头发微微飞扬，笑容轻盈明亮。陈老师的相机喀嚓一声定格，留下了我整个小学时代最好看的一张照片。

那天，陈老师连送我的礼物都带来了：一只有绿色吹口的口琴和一本字典。笨拙的我没有学会吹口琴。二十年以后的夏天，在我的小说《天使不穿袜子》里，当我笔下的一个男生陈超捷反反复复吹起“天上星星眨眼睛，一闪一闪亮晶晶”时，我心里知道，在他双唇间优美地滑翔着的那只口琴，来自我的小学时代，来自一个年轻老师珍贵而美丽的馈赠。

偶尔会想起这些，只要想起，心情就柔软得像一块擦镜绒布。

我的小学，它宽容地收藏了我整个珍贵的儿童期。那个乖顺但偶尔会小小调皮的小孩，那个一帆风顺但感觉不免混沌的小孩，很多很多年以前，在一座校园里度过了她美满的童年。那些活灵活现的同学和老师，只要想起，他们就近在眼前，从不曾远离。

很多很多年以前，在小学的图书馆里，我借阅过一本书，叫《朱蕾》。它和我的一个同学的名字一模一样。结果，有好几天我们都在大惊小怪中度过。我的同学朱蕾更是激动得脸色发红， 一个劲地问我书里写的是什么。于是，在一群小学生的心眼里天然地涌出了这样的想法：作家是一个多么神奇的职业呀！

很多很多年以前，我遇见了我的老吴老师。这个用知识也用爱呵护着我的启蒙老师，他慈爱而炽热的光辉至今照耀着我偶尔会麻木一下的心灵。我永远感恩于他对我最初的塑造和指引。

在西校那两间小小的屋子里，班里那些男孩和女孩们一起争先恐后地坐在老师的膝盖上，听老师讲故事或者对老师撒娇。老师那么好，即使他发脾气我们也不怕。我们一起对着他傻呵呵地笑，笑着笑着，老师就忘了是为了什么生我们的气了。

老师书架上的书一直对我开放。那是一个竹制的书架，有四五层。每次去，老师总一边推着眼镜一边循着那些旧旧的书脊热切地搜寻着。忽然，老吴老师眼睛一亮，指尖轻轻一捅，一本书应声而落。老师激动地翻到某一页，大声地为我朗读着一些句子、一些段落——来自那些旧旧的《儿童文学》杂志，来自老诗人田地、臧克家的诗集，来自苏联作家精彩的儿童小说。

有时，老师会给我读他写的诗歌，更多的是那些短短的散文诗。老师的笔名叫夏庄。它们高低错落地交织在无数个踮着脚尖倾听的小学的日子里，纷纷扬扬落进一个小女孩的心田。

二〇〇二年的六一节，得到老师去世的消息，我赶去松江。在老师的笔记本上，我默默读着那些熟悉的字迹，看到一行行写写画画的句子，知道老师无时无刻不在构思着，写着。直至中风在床，他的思想也没有停止过转动。

我可爱又执着的老师，一直沉浸在文学的天地里，一生都在梦想，一生都在追逐，一生都在坚持写啊写啊。表面上看，我在延续老师的梦，但老师其实是离文学更近的人，他的那种纯粹和炽热是我无法比拟的。

一茬茬学生告别而去，头也不回朝前走，这是老师的宿命。可是，一想到我的身上真的已经背负着老师的一部分梦想，一想到老师在写给我的信里流露的那种由衷的欣慰，我觉得这就是我写作的最大荣光。

我长大成人，幸运地成为一个全心全意表达长大的人。在已经出版的十几本书里，有一本书叫做《谁的雀斑在飞》。在那本书里，我塑造了一个十岁的快活明亮的小学女生雀斑。很多读者和同行都说，那是我“最出色的作品”。我想，那是因为雀斑有我美满活泼的童年的影子吧。近期的写作计划中，我准备写一个小雀斑系列。情感的动力和灵感的一些源头来自小学，来自我永远亲爱的老吴老师。我会把老师也写进去，会不断地想起他摇着膝盖上调皮的小男生和小女生们呵呵笑着的模样。这样，我就可以透过文字，微笑着去拥抱已经永远远离我的老吴老师了。

也是很多很多年以前，升入中学的第一个周末，我和好朋友沈以宁一起回到小学的操场上荡秋千。我们荡啊荡啊，从明亮的午后一直荡进了黄昏。两个小孩轻轻飞翔在暮色里，泗泾小学的暮色，故乡的暮色。远处是树影和围墙，更远处是影影绰绰的房子，更远更远处就是天了。秋千荡到最高点时，我把手伸出去。那一刹，我觉得天边差一点点就触手可及了。

未来，好像就在不远处等待着我。

一个孩子的认知，一个孩子生命的打开，最初是从这座校园开始的。她每天都在长大，每天都在朝前走，一直走向外面的世界。可是最初的那座校园，校园里的那些事和那些人，已经变成了她的一部分，在她的呼吸和生命里。

这一切就像惠特曼的诗句：

一个孩子朝前走
他看见最初的东西
他就变成那东西
那东西就变成了他的一部分

那个孩子就是我，就是所有从这座校园走出去的孩子。他们浩浩荡荡，他们形态各异，他们朝前走，他们散落在天涯，他们开出了花，他们结出了果实。最初停驻在他们心目中的那座亲爱的校园，永远纯真，永远美妙，永远不会长大。

天蓝色热水瓶

深秋的傍晚，寄宿的女孩拎着天蓝色热水瓶，在树木渐成黛色的校园里晃啊晃。只要过了五点半，热水龙头前就不会挤得一塌糊涂。再过半个小时，夜自修的铃声就要响了。

灌满热水的瓶子，女孩是要一路抱着回去的。初一刚刚开学两个星期，它已经是第三个热水瓶了。

第一个第一天就坏了。女孩第一次去打水，新生们把六个热水龙头挤得里三层外三层。大家都很着急，后面的人更恐慌，好像迟了就没有一滴水了。被踩了一脚，女孩弯下腰去拔鞋跟，新热水瓶放在身旁。一个满头大汗的男生从人丛里奋力挤出来，没站稳，朝前踉跄了一下。嘭，它很轻很轻地倒下来。还好，没漏水，瓶子没有爆裂。女孩打了水，第二天早上起来，拔出瓶塞，一丝丝热气也没有。

室长是宿舍里的老大，熟门熟路拧开底盖：“噢，瓶胆屁股上的尖尖头断了。它专门管保暖。”

原来，第一个热水瓶，受的是不出血的内伤。

到小店里去买了第二个热水瓶，大红的塑料壳子，用掉差不多四天的饭钱。

小店里的阿姨说：“灌水以前，先倒一点热水晃一晃，温温瓶子再灌满。记住喽！”

小心翼翼地使用，一天，一天，又一天。星期五的晚上，同宿舍的女孩结伴去打水，脚步轻快，想着明天可以回家了。

女孩轮到的水龙头最大，第一个灌满。挤出人群，得意地一放，回过头去叫她们：“哎，快点！”

嘭，闷闷的爆破声。

“噢，噢，爆了一个！”几个男生恶作剧般地兴奋起来。

女孩傻愣愣地四处张望，等到同宿舍的女同学围上来，才低下头。热水瓶底下悲壮地渗出一大摊水，热气袅袅……

晚上洗脚，其他五个女孩匀了半盆水给她。

一个周末过得飞快。

星期天下午三四点钟，女孩突然大哭："爸爸妈妈，我不要到松江读书去了呀！"

热水瓶一个接一个爆掉，第一次单飞的女孩，刚刚建立起来的独立生活的脆弱信心和勇气，一下子没了。

爸爸一直送我到学校。一路上，我死死地抱住一个天蓝色的热水瓶。

"它保证不会爆掉！"爸爸很有信心地拍拍它，也拍拍我。

用小刀在瓶壳上一笔一画地刻上"初一（3）班郁雨君"。瓶底下，又刻了四个小小的、神秘的字——"上帝保佑"。

来来去去，天蓝色的热水瓶，都被我抱在怀里。轻轻地放下，情不自禁竖起耳朵听。

嘭！

天哪！

原来，是热气把瓶塞顶出来了。没关系，没关系。

读完三年初中，又顺顺当当直升了高中。高一开了化学课，第一堂课就做稀硫酸实验。每个同学都把热水瓶带来了，好观察瓶胆里的水垢（碳酸钙）和硫酸进行化学反应。我的天蓝色热水瓶反应最强烈。留着两撇小胡子的陈彪老师叫大家都来看我的热水瓶。

“嗬，老寄宿生啦！热水瓶有年头了！”陈彪老师的声音里透着赞许。

谁都听得明白，“老寄宿生”就是从初中直升本校高中生的代名词。新同学的眼光里透着羡慕，他们新新的热水瓶里风平浪静。

这真是一次有趣的实验。天蓝色热水瓶内胆灿烂如新，真正脱胎换骨啦。

爸爸的话神奇地应验了。直到现在，天蓝色热水瓶还站在我家厨房的壁柜里，里里外外都是好好的。“初一（3）班郁雨君”几个字清清楚楚，“上帝保佑”嘛，不见了。虽然心愿十分美好，但当时刻得鬼鬼祟祟的。

扳扳手指，足足有十五年了。一个热水瓶有那么长的寿命，真想再刻上这么八个字——“事不过三，牢不可破”。

想来那段抱着热水瓶怀着担忧也怀着珍爱的日子，也是天蓝色的，留在心底，是牢不可破的温暖。

走在铁轨上

除了三毛，又有几个女孩真正能独自浪迹天涯，千山万水都行遍呢？

不用遗憾，有些一直渴慕却又可望不可及的事，可以不求形似但求神似，来个不谋而合，默默契合。有那一份精神的自由，一个人，在内心里也可以走遍天涯。

这样一种无边无际、无穷无尽的走的梦想和快乐，该有一个最好的路径——城市的铁轨，它们与无穷和无数的远方连接着，相互渗透着。

黄昏里，我爱在锃亮的、长长的、空旷的铁轨上，在微冷的尚有余温的光线里走。铁轨是这样一个可以无限延伸的场景，只要愿意，仿佛可以走向任何一个想要到达的地方。

很多年以前，一个男孩走在铁轨上。

男孩家那几间矮矮的平房，离铁轨很近。火车开过，男孩的床就一阵阵摇晃，像地震一样。十几岁的男孩有时会在黑夜里，在摇晃中突然睁开眼睛，很重大地思索将来。听着火车车轮喀哒喀哒碾过铁轨的声音，听着在夜空中显得无比清远的汽笛，男孩一阵阵激动，好像自己上了火车，正驶向某一个还不甚清晰的神秘的地方。男孩知道，自己肯定不会一辈子住在这几间旧平房里，他的未来在远方。

在木板床上咯吱咯吱地翻身，男孩的脑子在转啊转：这一列火车会开到哪里去？会开到深山老林里去吗？会开到冰天雪地里去吗？会开到北京、广州还是乌鲁木齐？乌鲁木齐有多远，远在天边吗？

那时，城市里流行着一部印度电影《流浪者》。男孩和其他许多大大小小的男孩一样，整天哼着电影里的歌："阿巴拉布，哦，到处流浪……"放学后，沿着铁轨，一路滚着铁环，一路哼着"阿巴拉布，哦，到处流浪"，一路小跑回家。滚铁环是当时男孩们的游戏，用一根长铁钩一路有技巧地拨着铁环向前推进。

男孩是滚铁环的好手。圆圆的铁环滚动在窄窄的铁轨上，当当当，当当当，很少掉下来。男孩拨着这个"小轮子"欢快地前行，仿佛自己就是一个司机，坐在火车头里，驾着长长长长的一列火车，去往一个自己想要去的地方。远方，红红的夕阳就挂在树梢。

有时，远远地听到火车声，男孩灵巧地一跳，跳到铁轨边的菜地里。火车呼啸而来，呼呼生风，刮起了男孩的头发和衣襟。男孩看不清车厢里一张张一闪而过的脸，心中只掠过一阵模模糊糊的激动。

上学，放学，男孩无数次走在铁轨上。他多么熟悉每一根枕木、每一块基石。他可以闭着眼睛，在一根根枕木上疾步如飞。铁轨上一个人也没有，早上的太阳送走他，傍晚的太阳迎向他。铁轨锃锃发亮，无限地向前延展。男孩张开双臂，学着飞机超低空飞行的样子，嘴里呜呜叫着，孤单而欢腾地向前飞奔。

长大后，男孩考取了一所师范大学的地理系。毕业后，来到一所郊县的古老中学做老师。他无数次地回想起一个男孩走在铁轨上的场景，好像自己就是这样长大的。走在铁轨上，心里装满梦想和激情，向前健步如飞。

他一直住在这座城市里，很少出门，最远到过海南岛。

身为地理老师的他说：“我到过‘天涯’和‘海角’了。”

底下坐着的一个女学生不以为然。三毛的妙笔生花，让她目眩神迷地向往远方，向往一直走到整个世界的天涯。她留长发，喝凉水，赤脚穿跑鞋……她跑去问他撒哈拉沙漠、加纳利群岛、古斯、玻利维亚等等一大串地名，求他讲得越详细越好，包括去的路线和航班，仿佛已经下了最坚定的决心，出发的日子指日可待。

他一个个讲给我听，尽他所能和所知。

有的地方他说：“我也不大知道，不过我可以回去替你查查。航班和路线，我不知道。你那么急着要出发吗？”

“大概，很可能……很快的。”女学生的心里有点七上八下，检讨着自己把航向定得太不可知，“不过，沙漠是一定要去的！”

想到三毛坐在汽车轮胎做成的圈椅里，像个印第安女王，女生就渴望得要命。

“一个人，在内心里也可以走遍天涯。”他半靠在讲台上，地球仪在手边，轻轻一拨，整个地球就在他手心里转来转去。

我当然没有去成撒哈拉，希望的可能性实在渺茫。那个走在铁轨上的男孩，那个长大后做了地理老师的男孩，他讲的那句话却一直留在我心里：

一个人，在内心里也可以走遍天涯。

天使落在头发上

一个星期，整整七天才结一枚好日子的果实，可以让我们噙在口里，慢慢享用。从打头的星期一，我就踮着脚等啊等，等这个甘甜的黄昏。星期六下午，我简直目不转睛地等待下课，等待放学。越来越近的黄昏，一个不用关进自修教室的黄昏，一个可以名正言顺晃晃膀子的黄昏。

我和周琦站在水槽边，把脸蛋深深埋在盆里，仔仔细细地洗，连耳背都不放过。挂好毛巾，闻闻自己的胳膊，淡幽幽檀香皂的味道。

两个干净的小姑娘，两个好闻的小姑娘，在一大

用小刀在瓶壳上一笔一画地刻上"初一 (3) 班郁雨君"。瓶底下，又刻了四个小小的、神秘的字——"上帝保佑"。

黄昏里，我爱在锃亮的、长长的、空旷的铁轨上，在微冷的尚有余温的光线里走。铁轨是这样一个可以无限延伸的场景，只要愿意，仿佛可以走向任何一个想要到达的地方。

段可以自由的光阴里，心里忽然欢喜得要命，连自己也喜欢起自己来。

“走呀！”周琦叫。

“走喽！”我也叫。

两个人迈开步子，风一样轻飘飘地掠过教学楼掠过小池塘掠过大操场。不打铃的校园有多静呀！大大方方从门房老头的眼皮底下摇出校门，两个要好的小姑娘，像两瓣合在一起的豆荚壳，从头到脚趣味相投，小指钩着小指，甩起手臂来兴奋得一浪高过一浪。

去散一个长长的步，走到哪里是哪里，想做什么就做什么，爱玩多久就玩多久。

刚刚吃过晚饭，嘴巴就馋起来，想吃包在三角包里的话梅，咽起了口水。

校门对面的小杂货店刚关门，驼背的店员慢吞吞地上着门板。数一数，八块门板已经上到第六块了。要他开了门再做笔小生意是决计不肯的，因为他要赶快回去捅炉子加煤饼烧夜饭，多卖掉一包话梅又不会加一分钱奖金。

“等一会儿哦。”周琦急忙甩了我的手，奔向对面的墙根。

再回来时，她拎起我的手撒开脚丫一阵狂奔。奔出好长一段路，站定，往我嘴里塞了一根东西。嚼嚼，又咸又香。

“不知哪家的咸菜干，晒完了太阳还要晒月亮。”周琦一边拍胸口，一边偷笑。

再嚼嚼，比话梅好吃。是偷偷一把抓来的，味道更刺激了。

平时可都是好孩子，坐在课堂里，头发梳得整整齐齐，额头光洁，不多插嘴，听话，安静，像两头驯服的小鹿。

好像从来没有感觉到黄昏是这样一段完整的真实光阴，只知道白天是满满的七八节课。上课，起立，老师好；下课，起立，老师再见。吃了晚饭打好开水，就要急忙赶到教室里，赶紧早早打开明晃晃的日光灯。再一抬头，外面已经打翻一大盆乌墨汁，铺天盖地的黑。

原来晚上是这样一点一点来的，像一个困了的人，先是一个接一个打哈欠，接着眼皮张开，搭拢，张开，搭拢……眼前越来越模糊，越来越模糊。直到合上眼皮，整个世界就掉到黑暗里头了。

不过，黄昏只是打个盹，离黑夜的梦乡还有一段摇摇晃晃、忽明忽暗的距离呢。

路灯还没有亮，人群影影绰绰起来，房子也影影绰绰起来。深一脚浅一脚踏在微妙交错的光影里，整条微红的透明的街道，就像一只渐渐下沉的大船。我们像两叶漫无目的的小舢板，漂在黄昏的街道里。

“想不想跳舞？”周琦忽然丢了一个方向过来，在暗暗的天色里闪闪发光，让人怦然心跳。

我根本不会跳舞。跳舞这两个字，让小姑娘的心很厉害地咚咚跳起来。我渴望见识所有没有见识过的事物，渴望身临其境去尝试，看看音乐和人的身体怎么快乐地融合。

跟着周琦跑到一扇红漆门下。一个眼睛狭长的女孩开了门。木头地板的旧房间，桌椅全靠着墙，每走一步，脚下就咯吱响一下，弄得我很紧张。七八个人，全是女孩。周琦熟门熟路找磁带，按键，倒带，率先冲到房间的中心摇摇摆摆。其他人全都一拥而上，看上去都不在行，不过个个都很兴奋，管他摇得好不好看呢！

只有我两手抓着椅背，坐定在那里，僵得像块风干面包。

周琦宛若鱼入水池，在我眼前一会儿游开去，一会儿游近来。她脸红红的，脚上打着拍子，向我走来，伸出了手。

录音机在唱："I want to dance, want to dance……"

我紧紧抓住她的两只手，小孩学步一样，用力去捉每一个转瞬即逝的拍子。

一群女孩子，叫着笑着，像一群学步的小鸭子，摇摇摆摆着跨进舞池。冷不防，周琦的手掌向里一旋，我原地转了一个圈，又好好地跌回她的臂弯。旋起来的感觉真好，好像跌进了音乐的花蕊，抓住了舞蹈的双翅。

"女孩子怎么可以不会跳舞？"狭长眼睛的女孩子，就像严厉的女教师，把一个个又怯怯缩回座位的女孩子全赶起来，交到会跳的舞伴手里。她们像我一样，在周琦她们的手心里宛若上了发条，接连不断地旋转起来，喘着，笑着，欢喜的惊叫声此起彼伏。

是啊，不要死钉在那里。放松些，人就会变得幸福吧？

我像一个陀螺，转得喘不过气来。

走出这条袜子弄时，我们一路挨着墙壁慢慢蹭出弄堂口，心里快活得很，就好像在一门心思读书、不开花只长叶子的日子里，尽情舒展了一次，纵情了一回。我们在舞伴牵引着的手边，欣欣然地开花了。

跳得太用劲了。走在路上，腿发软，脚步横七竖八，脑子里还起伏着音乐，交错着舞步，踢踢踏踏。两个人，有点像喝醉了酒，不好好在大马路中间走，偏贴着行道树，经过一棵用身子去撞一下。撞一下，就听到咚的一声，搞不清是人的心在跳，还是树内藏着的一颗颗心在跳。只想快回宿舍，快回床上，可以像一片羽毛，轻轻柔柔、舒舒坦坦地降落在床上。

不知撞到第几棵，咚，一粒毛栗子不偏不倚落在我发间。想甩，缠在发里，一时甩也甩不脱。

“中头彩喽！撞了那么多棵树，才轮到这么一粒呀！”周琦这个丫头突然疯起来，“快点许个愿，祝你要什么有什么，喜欢谁就是谁！”

那粒毛栗子掉下来，被周琦一叫，心怦然一动，倒疼出了笑容。直到现在，我们都相信，那一个黄昏和夜晚，是天使摇落的一颗果实，送给了两个闷头读书的小姑娘一连串开心。

身体渴望歌唱

小学毕业以后，我考取了一所很好的中学。在那里，得到一个好分数远比穿一件漂亮衣服风光，“勤奋，朴素”张贴在校园高高低低的墙面上。

很多的日子，大多数学生常常一个星期甚至整整两个星期穿同一件罩衫。伏在桌上写字的时候，不用抬头，凭着衣服的一角，就知道哪一个同学走近来了。

一成不变的读书，一成不变的日子，人就成了一个单色单调的影子，在灰色教学楼或者绿色水杉林里走来走去，看书，上课，吃饭，散步。

我已记不起来，十六七岁时脑子里究竟塞了些什么东西。功课不怎么放在心上，老是会走神，又绝对和要漂亮之类的事无关。每个星期六回家，爸爸妈妈烧好一大桶热水，让我彻彻底底洗个澡以后，衣服从里换到外。过了一个星期回家，仍旧死板板地穿这一套。

有一回，天气骤热，我捂着一头大汗穿着三件厚毛衣回到家里。

“你就不晓得脱掉两件吗？”妈妈说，“身体是你的，要脱要加要换，你自己做主啊！”

爸爸担心起来：“这个小姑娘将来怎么办？一点漂亮也不要，和小时候比，好像变了一个人。”

一大团嫩绿的圈圈绒，一大团米白开司米，在妈妈的竹针下一圈圈变小。四月里的第二个星期，全班的人都对我刮目相看。一个嫩绿的女孩子，一个米白的女孩子，三天两头变来变去，不知有多么清新爽目。

一直捂在密不透风的罩衫里的身体，在毛衣里透过了气，轻轻，轻轻地呼吸起来。带着异样的好心情，喀嚓，留下了一张照片：三七开的短发，风一吹，挑开的头路不见了，手插在屁股后头的裤袋里，有了一点点潇洒的意思。

瘦瘦的没有完全发育的身体晃悠在宽宽大大的圈圈绒毛衣里，笑容是开心的，像是云散雾开了。带着很好的憧憬，真不知将来自己会有怎样一柜子的好衣服。

连锁反应来了，开始不满意直不笼统的旁边上纽扣的老裁缝铺里做出来的裤子。歌星朱晓琳在唱："背起行囊穿起那条发白的牛仔裤，告诉妈妈说今天我要去流浪。妈妈笑着对我说，别忘了回家的路。喔喔喔，那一年我十七岁……"

我们那时喜欢朱晓琳就像你今天喜欢蔡依林或者喜欢S.H.E一样。不同时代的少女歌星，总是处在生活潮流的前端。在她们的歌声里，女孩触摸到了向往中的新潮、浪漫、奔放与勇敢。

我很想也很着急想买条牛仔裤，像死党周琦一样（一到中学，总会出现一对对亲亲密密的死党好朋友，要好得像合在一起的两瓣豆荚壳）。周琦把新买来的牛仔裤泡在水里三天三夜，然后摊在水泥板上狠命地刷。

周琦说：“要把一条新牛仔裤弄得发白，最好裤边都起毛，穿出去才有面子，才算漂亮得够分儿。不然，别人一眼就看出你刚刚才赶上趟，傻不拉叽的。”

爸爸妈妈好像等待已久，听到我要买牛仔裤的要求，高兴得大大松了口气——女儿总算想起要点漂亮了。

穿梭在小市场的衣摊里，东摸摸，西捏捏，不小心碰倒了一衣架夹得满满的小花边内裤。我的脸唰地红了。人迷迷惑惑的，似乎觉得这地方还不适合我。要是年纪再大一些，我大概就不会那么心慌了。

妈妈也在左看右看，反正一切全由她做主。在布帘子后边，满头是汗，穿上去，脱下来，再一次次钻出来，让妈妈检查我的穿着效果。

老板娘嗓门大：“正正好包住屁股，合身，合身。”

她的话让我发窘。试了两条，再不肯往下试，薄薄的布帘子也实在让我觉得不安全。妈妈决定挑那条看上去大一点的，足足可以塞进去一个半拳头。

“这条好。小姑娘一蹿个儿，过几年也不嫌大了。”见风使舵，老板娘当然更看重最后付钱的大人。

我穿着我的第一条牛仔裤回家了。牛仔布的感觉比一般的裤子要硬，蹭着腿脚上的皮肤，迈步都有点不习惯。我抬起头，有些恍惚，飞快地往对面橱窗里瞄了一眼自个儿。两条笔挺笔挺的裤缝，让新裤子特别神气。

晚上睡觉的时候，牛仔裤平放在长沙发上，压上两本大厚书——一本《英汉大词典》，一本《现代汉语大词典》。

不想做一个穿新牛仔裤的女孩，因为那看上去就像一只青涩的新苹果，怯生生的，酸酸的。

“要放在肥皂水里浸，再一遍遍用力刷……”爸爸一边听，一边看我，像看一个陌生的英语单词。

不过，爸爸很宝贝我，最后他还是点了头。

“我爸爸隔天刷一次，差不多用了两个星期才刚刚到这种效果，比较费劲。”周琦的牛仔裤看上去差不多穿了两三年，一想到我的爸爸不可能那么勤奋地改造我的新牛仔裤，我决定把新裤子亮相的时间推迟一两个月。那时，差不多就要套绒线衫裤了。

我的牛仔裤没有变白。爸爸觉得这多半属于女孩子常常容易冒出的怪念头，所以它一直好好地压在箱子里。翻出来穿上的时候，樟脑丸的味道让我头脑发昏。

我看到镜子里只有一个松松垮垮的小姑娘，裤腰几乎要退到胯上了。高二是“黎明前的黑暗”，三天两头的加课和考试，人一圈一圈地瘦下去。

周琦这个小姑娘却一路疯下去，紧紧绷着的黑毛衣不套外罩，昂首挺胸就进了校门。胸口，一大串银丝钩织出来的葡萄饱满地缀着。

一下课，跑到走廊里和我说着说着话，崔健的歌词忽地就从她嘴角出来了：“总有一天，我要远走高飞……”

顶爱晚自修前一段不长也不短的黄昏时光。两个女孩在小花园的紫藤架下走过去走过来，周琦一首接一首地唱歌，我们简直不用说话。

她唱的大都是些伤心的歌。

“在这分别的一瞬间，让我再看你一眼……”

“轻轻地想你，轻轻地爱你，我的宝贝，我的眼泪……”

周琦说："没有办法，一穿黑毛衣，嗓子里咕噜咕噜就冒出这些歌来。"

银丝葡萄在一个女孩优美清晰的身体轮廓上，一颤一亮。周琦腰间衣带飘飘，从紫藤架的深处走来，从岁月的舞台深处走来。她的声音宛如浮出水面盛开的睡莲。

"今天我穿上新装，因为我的身体渴望歌唱。"泰戈尔说得多美呀！

真想亲亲这个伟大的写诗的印度老头。

穿上美丽新装的女孩，身体里能唱出歌来，灵魂里能开出花来……

沐浴身心

关于公共浴室，怀想起来就在并不遥远的地方。

中学寄宿的日子，没有专门供学生洗澡的大浴室。我理好衣服包，装上拖鞋，走上整整两站路，从城东一直到城西。

陷在女人们成熟或者松弛的胴体里，我有些不知所措，隐隐约约觉得，洗澡，应该是一件很私人的事情。很窘的是，年轻的妈妈有时会抱着一个小小男孩进来。小小男孩坐在大红的塑料盆里，亮晶晶的眼睛里有受惊的表情，莫名其妙地大哭。他是一只迷了路的小兽呀！

洗完澡，坐在更衣室的长凳上，鼓起腮帮不停地吹着湿湿的脚丫。干净的脚丫是淡玫瑰红的，脚趾可爱地动来动去。套上袜子，穿好鞋子，要赶在晚自修铃响以前踏进教室。一个脸红红的、头发湿湿的女孩，带着水的清香，在县城的老街上一路飞奔。

再往前推，就有些语焉不详了。镇上公共浴室的老太太很凶，双手交叉胸前，沉着脸守着一大堆公用拖鞋。因为小孩只要交半张浴票的钱，她甚至不许大人给小孩洗头。只要哪个小孩的头发是湿的，她就伸出手来，要你再补半张浴票。有一次她冲过来，一把抓住我的头发在手心里捻。

妈妈拉起我："咱们再也不来了！"

家里添了一个长圆形的大澡盆。妈妈专门坐车到徐家汇买了一个大浴罩。它像一条巨大的裙子，罩住了澡盆里的小姑娘。每个星期六，妈妈就从大衣橱里翻出一家人的换洗衣服。

妈妈把爸爸的棉毛衫、棉毛裤、假领子卷成一包："你好到澡堂里去了！"

爸爸出了门，妈妈就开炉子烧水，母女俩都洗得干干净净。爸爸会在澡堂里耽搁上长长的两个小时。男澡堂里有躺椅，还有人替你搓背，捶背，不要太舒服哦！洗完澡回来的爸爸胡子刮干净了，神清气爽，显得多么英俊！干干净净的爸爸妈妈和干干净净的小女儿，围着一锅又酸又辣又鲜的白菜肉片粉丝汤，在冬夜里吃得热气腾腾，无比幸福。

上中学以后，我情愿走两站路去公共浴室洗澡。

洗澡在我们家，在当时每一个普通家庭里，实在是一件兴师动众的事。星期六，寄宿的我还没有到家，爸爸已经请假提早下班开炉子烧开水了。烧水的大锅比我年纪还大，一次可以烧两壶水。大冬天里，水不容易烧热，妈妈跑到隔壁去借两瓶热水。大澡盆好像无底洞。爸爸坐在炉边烧水。妈妈不停地往澡盆里加水。棉毛衫裤早在锅盖子上焐暖了。

钻出浴罩的一刹那，就是“新旧社会两重天”。套好薄毛衣，飞快地钻进被窝，妈妈早就为我准备好暖婆子了。躺在热烘烘的被窝里，幸福得不安。爸爸妈妈在收拾我洗完澡留下的一大摊事。两个人全力抬起澡盆嗨哟嗨哟往庭院的阴沟里倒，把浴罩擦干净，

直到现在，我们都相信，那一个黄昏和夜晚，是天使摇落的一颗果实，送给了两个闷头读书的小姑娘一连串开心。

一直在罩衫里密不透风的身体，在毛衣里透过了气，轻轻，轻轻地呼吸起来。带着异样的好心情，喀嚓，留下了一张照片：三七开的短发，风一吹挑开的头路不见了，手插在屁股后头的裤袋里，有了一点点潇洒的意思。

地上用拖把拖干了。然后，两个大人站在水龙头边，一个在水泥台上弯腰刷衣服，一个开着水龙头哗啦哗啦涮衣服。

外面多冷啊！我在檀香皂的味道里等待，等待爸爸妈妈快点结束辛劳，和我一样，在浴后的慵懒和清香里，摊开四肢，舒舒服服地躺在温暖里。檀香皂的味道，就成了我记忆中少女的味道，成了爸爸妈妈爱的味道。

在那些个幸福得不安的冬夜里，浴后的女孩心底涌起了一个热切的念头：在一套老式房子里建造一间舒适的私人浴室。洁白的浴缸，只要一拧开龙头，无止无尽温暖清澈的水就流下来了。一家人只要愿意，天天可以舒服地淋一淋，洗一洗。

这是一个朴实的梦。能够一个人舒舒服服、轻轻松松、无忧无虑地洗澡，不在别人的目光里，更不用兴师动众、劳动双亲，该有多好！

临近高考的时节，天气一天比一天炎热，坐在前排的那个女孩成了一颗钉子，整日整夜钉在课桌前，三天、五天、七天、十天……她的身上发出像树叶腐烂一样的味道。

我一次次扔了课本，跑到只供应冷水的洗澡间里。大屋子里空空荡荡的，只有我一个人。把水龙头拧到最大，让湍急的水流从头哗哗哗冲到脚。我大颗大颗地掉眼泪，那股腐烂的树叶的味道吓坏了我。真想让时间在那三天打个弯，绕道而走，或者一觉睡下去，醒过来，哇，七月十号啦。

把自己从头到脚擦干了，脸上的眼泪也一冲而光，包括那些烦躁、压抑和恐惧。乱成一团的脑子变得清新而空旷。我有了重新面对的胆量和重振旗鼓的勇气。这种暂时解脱的状态并不稳定，我也一次次冲进洗澡间，冲到倾泻而下的水流里。

十八岁夏季那道高高的坎，是在周而复始的沐浴里一天天挨过去的。后来，在我成人以后朴素的生活里，从来不愿妥协的享受就是沐浴。一个人泡在盛满热水的浴缸里，心也轻盈起来，思维特别活跃。浴后的我，只有水的清香和干净的内心。

沐浴身心，舒舒服服地洗，干干净净地活。

第一只箱子

在我迄今为止的很短的一生里，最值得夸耀的只有一件事——小学的升学考得了全县的第一名，三门课加起来只给扣掉七分半。

开心过后，爸爸妈妈发愁了：一个挑食的女儿，一个不会洗衣服的女儿，一个不会收拾屋子的女儿，就要扑棱棱给放飞出去，独自住宿，独立料理生活。

挑食没关系，饿极了就会饥不择食，食堂里的饭菜也会变得香喷喷。

不会洗衣服，突击训练。爸爸把家门外的水泥台冲得干干净净，摊了一件衬衫，抹一遍肥皂，告诉我重点是刷衣领、刷袖管。

小学里教数学的陈老师打这经过："郁雨君啊，洗衣服也要争取小学毕业呀！"

平时难得有实际操作的机会，我弯着腰，抡开刷子，水珠四溅，情绪饱满，兴致盎然。

帐子准备好了，被子、床单、垫被准备好了，脸盆、牙刷、肥皂盒准备好了，就连支帐子的竹竿爸爸也用尺量了，锯得长短正合适；抹了一层清漆，又亮又滑。看来看去，还缺一样东西，一样很重要的东西。

"饭菜票放在哪里呀？衣服放哪里呀？零零碎碎的小物件放哪里……"我嘀嘀咕咕。

"百货店我去看过了，大点的皮箱子，卖五十几块……"妈妈抹抹汗。

"女儿要用，去买一个嘛。"爸爸开了抽屉去取钱，又慢慢地关了。一个开学，已经花了一大笔钱，抽屉角里只剩了三四张十元的纸币。

"我有办法。"爸爸揣上几包"牡丹"烟出门了。黄昏里，爸爸嘭嘭嘭敲开院门，满头大汗搬了一个大木头家伙回来。做工有些粗糙，不过个儿大，可以放不少东西。

“要上漆的，颜色你去挑！”

不知为什么，在建材店里，我的眼睛跳过红的、蓝的、白的、绿的，独独要了一种鲜艳的黄颜色，像春天里铺天盖地的油菜花。大人们都觉得奇怪。店里的叔叔说，这种颜色乡里乡气的，换蓝的才好看。

爸爸却依着我：“黄的也好看。”

上上下下，爸爸仔仔细细地刷了好几遍油漆。看我喜欢，爸爸也喜欢。他一直觉得，没有买一个皮箱，实在对不起考了第一名的女儿。箱子用三合板隔成了四个大小合理的格子，像这种样子：

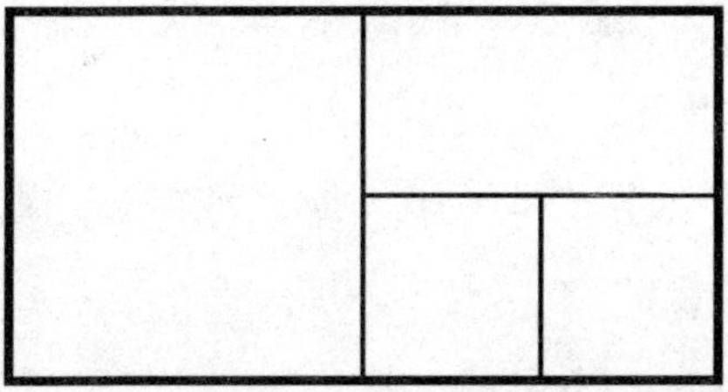

二分之一格的地方，放衣服；四分之一格的地方，放上了《汉语大词典》、《英汉词典》，再加一把口琴；靠里面的一小格，做了小钱箱；一个抽屉式的小

木盒里放饭菜票、洗澡票、粮票，外加零用钱；靠外面的一小格，妈妈放了一瓶肉松、一个饼干箱，饼干箱里装了一斤半香喷喷的“万年青”饼干。

衣箱、书箱、钱箱、饼干箱，一箱全包，爸爸很满意，妈妈很满意，我也很满意。

“结实，好用上一阵子了！”爸爸拍拍大木箱。

六年过去了，无数次打开大木箱，都是我最欣慰最快活的时刻。毕竟，那是属于我的第一个私人空间，里面藏过一个女孩最初的一些温暖的小秘密。

中学毕业了，爸爸来接我，带了一大团绳子。

高考成绩估分出来不理想，以为自己考不取大学了，脾气坏得要命，一脚踢中那个大木头家伙：“扔了！扔了！”

爸爸蹲下来，用绳子一道一道捆好，赔着笑脸：“让我背背看？”

那年七月一个炎热无比的午后，爸爸背着大木箱，拎着我的铺盖包，十八岁的我黯黯然然躲在爸爸驼着的影子里。

大木箱那么巨大，压得爸爸的背全弯了。从松江乘车回到我家的小镇，要爬中市桥时，爸爸的脚发颤了，粗大的汗珠淌成了小河。稍稍站了一会儿，喘息停当，爸爸上桥了。

爸爸说："挺一挺，就过去了。谁知道将来会是什么样子的呢？"

一大片明黄在我面前晃啊晃。顿了顿，我快步上去，托住了箱子底。父女俩，嗨哟嗨哟，背着一个大木箱回家了。

高高低低的成长

美丽，是要从头到脚的。

做寄宿生的时候，星期六回家，端出家里洗脚的小木盆，撒上肥皂粉，放了水，搅搅匀，把白跑鞋浸在盆里。

第二天一早，端个小凳子坐着，小板刷用力把鞋面、鞋帮、鞋沿刷得干干净净。用清水冲净了，晾在窗台上，等到星期天的阳光跑光了，天暗了，白跑鞋也干了。

在鞋头涂上一层白粉，星期一，穿着雪白雪白的跑鞋在操场上做早操。

干干净净的白跑鞋是女学生最好看的鞋，可顶多洁白好看一整天，就脏了。

就像纯情的日子，一尘不染，在岁月里望过去只是短短短短的一瞬，一下子就滑过去了。

长大会让人拥有越来越多的东西，床底下的鞋盒层层叠叠起来，简洁的单皮鞋、裹腿的中帮靴、优雅的礼服鞋、轻盈的网球鞋、细巧的镂空鞋……让每一个季节、每一种可能的场合、每一套搭配的服饰，最后都能完成从头到脚的美丽。

四季岁月里，模样、造型和心智在被不断改变着的女孩，在一俯一立间穿了蹬、蹬了穿的周而复始的过程里，高高低低地长大，成熟。

第一双高跟鞋，是自己把它当作成长的重要礼物送给自己的，它甚至都不是真正的皮鞋。在厦门一家街头小店的橱窗里，我对它一见钟情——纤巧的细高跟、优美的轮廓线、亮亮的黑鞋面。

口袋里装着外婆给的压岁钱，女孩终于有勇气推门而入，请女店员拿出一双来试试脚。脱下脚上的丁字形平底猪皮鞋，小心地把脚伸进去，慢慢站起来的时候，几乎站不稳。

“换双透明袜子，就更好看了！”女店员把头伸出柜台看我的脚。

乡下姑娘一样的猪皮鞋躺进了鞋盒子。十五岁的人儿小心跨出每一步，深一脚浅一脚地体味成年女子的感觉。

好看是好看，就是走起路来有些吃力。平时十分钟的路，足足走了二十多分钟。

到了堂舅家，大家先是觉得我高了，接着都大叫起来：“新皮鞋，高跟的！”

堂姐把鞋放到鼻子边一嗅，啪，扔回地上。

“仿皮的！”她穿了一双高跟的低帮鞋出了门，轻松袅娜，疾步如飞，仙鹤一样飞远了。

迫不及待踮起脚跟要“长大”，穿着细高跟鞋在外婆家练习走路。

外婆直摇头：“女仔要俏，脚活受罪。”

外婆哪里知道，穿上高跟鞋的感觉实在奇妙，胸不由自主会挺得高高的，下巴会微微扬起来，跨出的步子也不是急吼吼的没有章法，而是步幅不大不小，不急不忙，从来没有过的高贵风度，仿佛杨柳轻摆，微微生风呢。

十年风水轮流转。上大学的时候，时兴平跟鞋。平跟鞋不张扬，自有一份含蓄从容的高贵。第一双高跟鞋早在一场大雨里全线崩溃，连衬在鞋底的铁板都掉出来了。

跟着潮流走，在富丽堂皇的商厦里我迷惑起来：鞋价与鞋跟的高低恰恰成反比。挑来挑去，最后挑中一双，鞋面饰着一朵简简单单的小花，特别跟脚。每走一步，不由自主很小心。它实在很贵。脚掌摊平了，心里却不是很踏实。为了从未有过的奢侈，尽量少穿，保养得很好，一直到今年，两朵花全掉了，才不情愿地扔了。

真心真意爱过布鞋。数一数买过的布鞋，十双都不止。大三外出社会考察时，漫游了河南的几座城市，兰考、开封、郑州、洛阳一路跑过去，包里多了四双搭襻花布鞋，乡下妞的模样。在郑州的亚细亚商场，我看中了一双黑丝绒的高跟鞋，缀着点点银珠，是贵妇人的华贵。心里很爱，一试也正合脚，可配着牛仔裤，看上去反而可笑。如果买了它，免不了养在深闺人不识的寂寞。最后深深看它一眼，直到看到心里去了，才掉了头走开。

回到学校，好朋友从延安考察回来，送给我一双蜡染布鞋。

“那样小的尺寸，也只有你穿得进了。”她说。

真的穿上了，和身上的蓝花布衣浑然一体，走起路来悄无声息，像怯怯的微风一样吹过来又吹过去，脚掌与大地贴得好近。

一到夏日，就最喜欢整日赤脚与拖鞋为伴，脚丫子自由自在、无拘无束地动着。这几年有了各式各样美丽体面的凉拖鞋，真真大合我心意。凉拖鞋非常感性，色彩又很夸张，形状几乎任人想象。赤脚穿，涂上粉紫色的指甲油，纤足不再被拖鞋包着，而是成为鞋的一部分，让鞋显得更有生命。

拖沓惯了的脚，又想念起特别淑女味的鞋。相中了一双深蓝色萤光纽带凉鞋，不粗不细的高跟，几根细带阡陌交错，后跟处有一块革面恰到好处地包住脚踝，脚面被细带子疏密有致地缠绕着。整双鞋漂亮、合脚，有神采。穿上细高跟凉鞋的我，优美又自怜，平白无故拔高五公分，达到模特身高，甚至比他还高了一点点。

“哈，”他说，“我喜欢你一会儿比我高，一会儿又比我矮。”

我们携手而行，没有感觉到一点点不妥。

当时的月亮

已经差不多写了百万字了，但还没提及那两个字：初恋。

今天妈妈还在说：“你开窍晚，一直是个让我们省心的孩子。”

我却清晰地看见时空那头，一个头抵着院墙的女生，趁妈妈出去买酱油的几分钟，短而猛烈地哭泣，我甚至听见了眼泪噼噼啪啪打在夜来香叶子上的声音。

十七岁，喜欢一个男生，坐在我左前排的男生。他总是默默地笑，笑着笑着耳垂就红了。日积月累，莫名喜欢上一个安静的侧影，还有一对害羞的耳垂。

男生会修灯泡，还会通下水道，会干那些通常只有爸爸才会干的活。我觉得他是个了不起的男生，沉默，有力。

当然不会开口，打死我也不会说出来。

期中考后集体郊游，爬山，坐在竹林里吃面包，都是男生一堆，女生一堆，互相不搭话。我们正好背靠着同一根竹子，我在这一边，他在那一边。不骗你，我都听得见他的心跳。

吃完面包就下山了。我落在最后，等别人都走远了，赶紧掏出薄薄的一分硬币，在那根竹子上刻了两个数字：10、29。我的学号和他的学号，并排挨在一起。

是想暗暗纪念我们靠得很近的那一刻吧？

我飞奔到山脚，发觉他们都挤上了末班车，除了我。

车子绝尘而去，我追了一阵，哪追得上！一个人蹲在路边，泪珠落在膝盖上，背后是矮矮的模糊的群山。

公车突然刹住，我看见他奔向我，然后呼啦啦，其他人都跳下来了。

那天晚上，马路边小河里的月光也像奶泡一样泛着清甜的光芒。我们开始步行，男生和女生开始三三两两交错在一起。走累了，他脱下跑鞋，我坐在他的鞋面上。他拔了一枝蒲公英，眯着眼睛吹啊吹，神情虔诚。我心里有说不出来的欢喜。

从佘山到松江，走了四个半小时。华灯初上的大街，我们挥手道别。走读的和寄宿的，分成两拨。我第一个掉头就跑，因为不想听他说再见。

我们开始天天写信。为了交换，每天都挨到最后去打午饭。从早上睁开眼睛开始，早自修、第一节课、第二节课……人一点一点爬上喜悦的巅峰。

其实，我们甚至都没写过那两个字：喜欢。其实，我们只是好奇，生命里第一次通过彼此进入对方那个神秘的异性世界。

他把我的信藏在床垫子下，靠近枕头的位置。他没有一只带锁的抽屉。换季时，他妈妈翻晒被子，一切大白于天下……

他被二十四小时管制，上学和放学爸爸两头押送，洗完澡，坐在更衣室的长凳上，鼓起腮帮不停地吹吹湿湿的脚丫。干净的脚丫是淡玫瑰红的，脚趾可爱地动来动去。

那么多那么多年以后，我终于对着电脑，清晰地和多年前那个顽固羞涩的小姑娘重叠在一起。想起在当时的月亮里，那个外表腼腆、内心激烈的男生许着那样一个似乎不应该属于十七岁年龄的郑重的愿望，又一次，我毫不害羞地哭泣……

在校时低一级的妹妹是甩不掉的小尾巴。他任性地抵抗，骑着车子撞墙，踢足球踢得骨裂。

高三开学他没来，听说得了很严重的肾病。

我混在同学堆里，战战兢兢去医院看他。他脸色惨白，躺着，眼睛直愣愣盯着天花板。

我躲在人群背后，听见他妈妈叹气："造孽哦！"

回家的公车挤得暗无天日，一路上我不停地转着一个可怕的念头：他要死了要死了……一想到妈妈要是知道了乖乖女儿干的这件事，我害怕得心脏都缩成一团。

到家后，我拼命维持着外表的平静。我小心翼翼走路，因为我相信，只要稍微摇晃一下，眼泪就会哗地冲出来。

终于，家里只剩我一个人了，一瞬间我哭得飞沙走石，惊涛骇浪。透过滚滚泪水，我读着他写给我的最后一封信。他的字和我一样蟹爬，而且三张纸里有一张半都在说明一道方程式的两种解法。

"其实很简单吧？"他苦口婆心，"千万不要放弃数学，比语文容易赚分多了。"

他还觉得奇怪："给你写信那么容易，可一写作文就头疼！"

他向往着："每天吃好晚饭，妈妈在水槽里洗碗，爸爸在一旁修修这修修那，叮叮当当，哗啦哗啦，我就觉得幸福啊幸福。要是以后……不写了，要不，你就猜出来从佘山回来的那天晚上，我吹着蒲公英许了一个什么样的愿望了。"

那么多那么多年以后，我终于对着电脑，清晰地和多年前那个顽固羞涩的小姑娘重叠在一起。想起在当时的月亮里，那个外表腼腆、内心激烈的男生许着那样一个似乎不应该属于十七岁年龄的郑重的愿望，又一次，我毫不害羞地哭泣……

后来写了很多故事，故事里的男生和女生很少发生哪怕只是微微的爱情，是不是和这段不成功的初恋有关呢？

终于，写到《一朵花开的时间》，我听到了心中那个细小却顽固的结怦然解开的声音。

也许，爱是一个慢慢长大的孩子，初恋时他还没学会走路，所以总是跌倒。

黑白同桌纪录片

女生秋秋，在高三的最后几天，开始偷偷录下周围人的声音。她鼓足勇气，让从不和她多说话的那个酷酷的同桌涵留话。没想到他竟然朗诵了两遍《满江红》，慷慨激昂的声音让秋秋潸然欲泣。回家后，她为磁带画了一张漂亮的封面，题目想了好久也没定下来，最后索性就叫《秋秋中学的最后一天》。

我把这盘秋秋的忠实记录放在 walkman 里听了。嘈杂的活生生的声音，秋秋说她一辈子也听不腻。突然，磁带静止，一阵沙沙的声音过后，《同桌的你》漫过我的眼皮，没有防备，从眼梢渗出去。不去强行阻止，就平躺着流了一些。感觉很好，有点像洗温水浴，又有点像一个憋了许久的喷嚏，痛痛快快地冲出来了。

没有活生生的回忆，人就跟空可乐罐一样，徒有其表，那么空洞而虚弱，好像随时随地都可以被一脚踏扁。回忆已经变淡，趁着还没有完全遗忘，我老老实实记下尽量可靠的回忆——一茬接一茬的同桌，竟然大部分是男生。关键原因是我贪睡，每次一听到“上课”两个字，就像被施了催眠的魔法，熬不住东倒西歪。看在我是个爱面子的女生的分上，好心肠的老师不罚我站，专门安排男生坐我旁边。这招似乎管用，我实在熬不住了，顶多背着他们眯上一小会儿。

凌積是我第一个男同桌。我瞌睡一上来，他就用拳头砸桌子，嗵嗵嗵，震得趴在那儿瞌睡的我下巴发抖。

“我听听哪块木质比较松。”他对我一笑。

没过多久，他取出小刀悄悄挖洞。课本竖着，站成围墙。我注视着，心跳得厉害，破天荒忘了打瞌睡。

桌子是死硬派，我的第一个男同桌连着挖折了两把小刀。我支援了他一把，终于挖通见底，得了一个比眼睛周长略大一圈的孔。这小子视力好得惊人，透过孔看完了《天龙八部》。光看他光速一样翻书页的动作，一旁的我就眼花缭乱了。

平时，桌子上的“眼睛”就用铅笔盒挡着。凌稹是个典型的“独乐乐”分子，看完《天龙八部》，又开始独自下五子棋。

我发现了一个秘密：只要一提起王语嫣，他的小眼睛就会像火柴头一样被擦亮。

期末视力检查，我的前方一片迷蒙。突然，背后有手指划过，上、下、左、右，一道一道，有力得像挖洞，弄得我怪疼的。这小子，看了一学期的桌子孔，视力居然还是2.0！

第二个同桌唐晓禹，马脸，眼睛细长，每天几乎都踩着早自修的铃声奔进来，散发着臭烘烘的味道。我用练习本扇鼻子。他的眼睛就像结了冰，用黑色水笔画好课桌分割线，稍稍逾越就用水枪飚我。从此，我们忙于在桌下拳打脚踢，冤家结得厉害。好在是教室最后一排，而且踢痛了挠伤了两个人都能忍着不作声，从不惊动老师。这样的对手，时间长了，居然对对方暗自产生了敬意。

有一回我也迟到了，沿着学校围墙狂奔，看见唐晓禹在前面跑，哐当哐当，书包里不断有零钱蹦出，就一个个捡了。他掉头看看我，用手托住脱线的书包一角，助跑一阵，火箭一样翻过墙壁，自顾自消失了。

我气得要命。手里的分币上也不知沾着什么动物的毛，和唐晓禹身上的味道一模一样。找个阴沟洞，一个个对准了投进去，拍拍手，幸灾乐祸地坐到他旁边。

那天居然“西线无战事”。放学时他粗声问我想不想到乡下挖马兰。

去就去！

唐晓禹简直是个天才，用鼻子闻闻，眨眼就发觉茂盛的一大片。他拍拍手走路，留给我独自幸福地享用。

我抬起头，看他昂首阔步在田野上踱步，忽然站定了跺跺地皮：“那里不要了，这里的叶子更肥。”

我简直崇拜起他来。

“这算什么！”唐晓禹说起他爸爸，从养鸭子到做咸蛋从头包到底，只只流油，在市场上摆摊，从来不担心卖不完。晚饭没有荤菜，爸爸让儿子去打酒，自己提着汽枪出去了。酒打回来，一串麻雀已经热乎乎地在油锅里打滚了。

我后来才知道，唐晓禹的妈妈离开了他，农业户口的爸爸靠搞副业改善生活。以后每天早自修过后，他都得意洋洋地抓出一把零钱。我撸平那些皱巴巴的纸币，分币和角币堆得岗尖岗尖。我尖声报出他早市的营业收入。那时我最向往做一个公车售票员，整天津津有味地数钱，数钱。

和第三个同桌成风混熟，我只用了不到五分钟。他第一次落座时，我正在试验一只新奇的卷笔刀。铅笔的刨花像连续不断的浪花一样涌出来，眨眼消化掉半支铅笔，刨花差不多垂到地板上。成风端出书包里所有的花样要和我换。我怎么舍得这样锋利的卷笔刀？坚决摇头。他一定要我提交换条件。

我正痛恨数学，顺口说："那你把代数书吃掉。"

他刺啦一下撕下半张封面，当场吞下一个纸团，眼睛眨也不眨，吓得我当场把卷笔刀拱手相让。

整个晚上，我都在祈祷：成风求求你，千万不要死掉不要死掉哦！

偏偏第二天这坏蛋居然迟到，让我等了一个世纪那么漫长的半节早课。看到他油光光的嘴巴鼓满东西，流光溢彩地冲进教室，我眼泪都要落下来了。

后来成风还干过更惊人的事情。为了证明自己的胆子肯定比拳头大，想都不想，嘭，从三楼跳到楼下的沙堆上，像一根笔直的蜡烛，插进新堆起来的松软的沙堆里。落地生根的成风呆若木鸡，下半身一动不动窝在沙子里，那画面令我终生难忘。

他真是个好冲动的男生，天大的决定也能在前半秒和后半秒之间做出。成风的声音至今还在我的记忆里，像嘎嘎叫着的唐老鸭。

因为第四个同桌孙为的坚持，有一个学期我们一直坐第四组的最后一排，没挪过窝。孙为喜欢背后贴着墙角的三角柜。有时课上到一半，他会打开三角柜，径直坐进去。我帮他把门关上，不露声色，继续听课。

他有个暴力妈妈。她把儿子的考卷贴在公共楼道里供大家检阅，罚他跪在搓板上，直到全家都进入梦乡。头发根根竖起的男孩，开始喜欢蹲在暗暗的角落里，怀着屈辱也怀着梦想。

后来我们考到不同的高中里，我是市重点他是县重点。在重点的级别上，孙为差了我一个档次，他感到很没面子。

踢一脚三角柜，他对我说："下回我装作不认识你。你别说我粉饰太平，我真的想忘记你。"

高一，我又摊上和挺有意思的阿菊同桌。这家伙居然在三十九度的高烧中完成中考，然后软塌塌绊了一跤。最中间的门牙不翼而飞，他也不去补它，就让它洞开着，一副未老先衰的样子。

高高的阿菊喜欢自言自语。你无论和他说什么，他都自顾自"开无轨电车"。阿菊说，想当个司机，攒一辈子的钱去买一部可以睡觉的长龙车，人和汽车一直开到老掉牙，开到一滴汽油也没有，最后像大象一样死掉。阿菊还断然说过"现在有多少种女生，将来就有多少种女人"这样老腔老调的话。

和阿菊搭不上话，我养成了一只耳朵进一只耳朵出的习惯。

市重点不是吃素的，“大剂量”的习题把人都熏呆了。某个中午，我吃力地画一道物理受力图，有人大模大样拍我肩。

第四位同桌孙为，伞兵一样降落在我眼前，帅得不可收拾。

他说：“最近脚痒痒，想找人踢球。怎么样，给我们找支球队比赛吧？”

我扔了卷子，找到阿菊宿舍。很快，两队男生在操场上摆开了阵势。

我站在操场边上，脑袋钟摆一样转来转去。欢喜和沮丧搅成一团，心一上一下的，不知巴望着谁赢才好，只好两不相帮。

还好，孙为和阿菊踢成了平局，皆大欢喜。我掏出一卷纸币，买了十几瓶汽水，笑眯眯地看着我的老同桌和新同桌下了场以后勾肩搭背，共饮一大瓶盐汽水，两个人亲如兄弟。

后来，县重点一中和市重点二中改变老死不相往来的习惯，足球赛事接连不断，来往得好不热闹。

所有的男生同桌都在我心里沙沙地动起来。事实上，他们一天也不曾消失过。我一直和他们在一起，说话，吵架，一起玩，做着一个没有什么心眼也没有什么心事的小女生，很直接，很简单。

回忆使人幸福。我是有福之人。

星空下的舞蹈

黄昏的光芒爬进了小院子的围墙，照亮了院子里的植物。夜来香就在这个时候开放了，生机盎然地闪着光。

我开始哼歌，歌词语焉不详，是偶然听来的一支好听的歌，只来得及记下它的一部分曲调。

哼的声音很轻，可是，它渐渐传遍了身体的每个角落。旋律如水，从耳边一直渗到心底。我开始左右摇摆身体，试探性地小心挥动衣裙，动作幅度很小很小，同时四处张望。会不会有人看到，一个女孩子笨手笨脚地在做一套体操动作？

天快点黑吧……

心神活泼的人，形体不一定同样活泼。

体育老师的视线在一排排女孩里扫来扫去。

我暗暗在叫："别挑我，别挑我，别挑我……"

她的视线就在我身上停住了："身材挺匀称，腿也长。"

她扳扳我的肩，惴惴的我就出了列，进了她的体操班。

每次操练，我一声不吭，尽量立在边角上，老师眼睛不常瞟到的地方。我全身紧张，脸上和眼睛都要冒汗。我总也记不住老师教的动作，那些连成串的动作，更是让我头发晕。混在队伍里，节奏慢半拍，紧盯着前边的长辫子女孩看，一举一动都依样画葫芦。

我是滥竽充数的南郭先生，挤在一大堆燕子般轻盈地跳来跃去的女孩中，觉得安心和安全。有点像模像样地转头，举手，抬足，扭胯，单求形似。要跟上节奏，就手忙脚乱了。学到后面，一组组的动作组合，我更力不从心了。每当上体操课的前一夜，我就睡不着，不明白自己这是怎么了。就像高中时碰到复杂点的数学公式推导，老师示范了一遍又一遍，我横竖消化不了，记不住。

一个学期过去了，考试的时刻到了。一个个轮着，货真价实地做一遍整套动作。南郭先生扔掉乐器逃走了，我能逃到哪里去？

硬着头皮排在队伍里，就算临阵磨过了几遍枪，一走进场地，一双双眼睛盯着，嗡的一声，脑海里雪花一片。呆呆立着，手不能举，脚不能抬。

女体操老师手把手又教我一遍，然后对我说：“下周你还有一次机会，和二班的同学一起考。”

天，一大片一大片暗下来了。六月的月亮升起来了，是鹅黄色的。站在院子里抬头看，天上只有一个孤零零的月亮，大得叫人不敢相信。月亮的边缘不那么光滑，细细碎碎的毛边，像一个被孩子的小牙齿偷偷啃过的鲜奶蛋糕。夜来香的枝叶在夜风中簌簌抖动。这样安静羞怯的观众，一点都不会惊扰我。

身体放松了，真的柔软起来了，胆子大了，手臂摆得更开了，头仰得更高，小腿绷得更直。甩手甩脚，在有弹性的细泥地里小步腾跃，本来需要苦思冥想的一个个动作就在我的肢体之间不假思索自然而然地流出来了。

没有人用打分的眼光看我，内心放松极了。月光从我的指缝间流泻下来。我看见了我的影子，跳得比肢体本身更欢畅。短发的大一女生，突然渴望有一头长发。月光下，身影摇动间，眼波更是流光溢彩。

萤火虫一闪一闪，在花叶间张灯结彩。星空下，夜来香开到最盛。一个笨拙的女孩，身上的束缚应声而解，开窍了。举手投足之间，女孩灵光闪闪，身形婀娜，宛如花朵，一瓣瓣从花蕊深处盛开了。

生活多么令人兴奋，一切在刹那间改变。女孩的身体，在星空下复活了，美丽了，流畅了。

扭摆，旋转，兴奋起来，狂热起来，身躯似真似幻，宛如花影摇动。短发像毛茸茸的草一样蹭着脸颊，痒丝丝的。汗珠顺着脸颊流到脖子里，渐渐从体操中走了神。

我在星空下自由自在地舞蹈，为了盛开的夜来香，为了蛋糕一样甜美的月亮，为了二十岁的成熟身躯挣脱了拘谨羞怯的束缚……

一个舞蹈的、大胆的、美丽的、扭动的、奔放的女孩，从我身体里释放出来，飞翔在星空下。

回到屋里，摊手摊脚在地板上躺下来。舒展四肢，闭上眼睛，让脑袋瓜先安静下来，快活地叹息着，慢慢睡着了。

梦境里，我踮起脚尖，继续无止无尽地旋转，旋转……

顾盼生姿中，我是款款走近的百变模特，我是兴之所至灵感迭现的出色设计师。一个人乐此不疲，流连忘返，好像在做一道神奇的算术题，减减加加，从夏到冬，从头到脚，无止无尽地搭配组合，形象不断变幻。

赤橙黄绿青蓝紫，一地透明的缤纷美丽。蹲下来，一张张小心地捡起，实在不想辜负了这份收藏的美丽。

女孩子的花园

最喜欢这样的下午，阳光很好，屋子里亮亮的，没有人来打扰。站在穿衣镜前，开始想象，开始设计，开始千姿百态，开始左顾右盼。打开衣橱，就是扑进了一座女孩子的花园。长长短短、深深浅浅、林林总总四季的美丽和缤纷，全部悬挂在“枝头”，随你摘取，随你造型，随你扮俏，一会儿摇头，一会儿惊奇，一会儿顾影自怜，一会儿英气勃勃。

顾盼生姿中，我是款款走近的百变模特，我是兴之所至灵感迭现的出色设计师。一个人乐此不疲，流连忘返，好像在做一道神奇的算术题，减减加加，从夏到冬，从头到脚，无止无尽地搭配组合，形象不断变幻。镜子里的那个女孩，简直成了小魔女，万花筒一般，角度一转，新色彩、新感觉、新味道，一下子喷薄而出。

只要走进女孩子的花园，多半能半天深陷其中，转悠不出来。看看，摸摸，披披，戴戴，套套，穿穿，取之不尽的新鲜与漂亮，忍不住会心花怒放，快乐地发掘出一个风光无限的自己。

我家的“花园”是一个朱红色的三门衣橱。妈妈嫁给爸爸时，它千里迢迢从福建一直运到上海。

小阿姨还是个小姑娘，她写信来，说：“上海有那么多的好看衣服，姐姐，你会把衣橱装满吗？”

一个年轻的姑娘，为了爱情，千里而来，带着她的梦想和花园。新娘的花园却空空荡荡的，叠放着不多的几件单调的四季衣服。我出生时，妈妈失去了工作，一家三口人，全靠爸爸的四十二块钱工资。家里没有专门的碗柜，妈妈毫不费力把不多的几件衣服归归拢，衣橱的一个门就腾出来了。最上面的一个方格，给一只胖墩墩的砂锅占得满登登的。

年轻妈妈的花园空寂着。

生活一直朝前走着，越来越好。花园里，艳丽的“花儿”一朵接一朵开了。妈妈很爱惜它们，旧衣服也好，新衣服也好，都洗得干干净净，熨得挺挺括括，叠得齐齐整整。

朱红色的“花园”立在大房间的角落里，散发着阳光的清香。我做做功课，偷偷望望锃锃亮的穿衣镜，想象着镜子背后一件件好看的衣服。它们要是穿在我身上，会是什么样子的呢？我巴巴地等候着。妈妈洗好碗，抹完桌子，终于出门上班去了。

十四岁的小姑娘迫不及待踢掉鞋子，咚咚咚上楼去，窗帘拉好，房门关紧，雀跃得像一只小鸟，扑进墙角这一座朱红色的“花园”。小心翼翼从木衣架上取下妈妈的青灰西服套裙。垫肩大大的，小姑娘的窄肩一下子变宽变挺了，胸脯不由得挺起。唰，拉上一步裙的拉链，赤脚在地板上轻轻走几步。走一步，老地板咯吱响一声，心就猛跳一下，毕竟是在偷穿妈妈最爱惜的一套“出客行头”啊！

再看看，缺了点什么？是高跟鞋！提起一步裙，噌地跳上桌，踮起脚尖在橱顶的鞋盒堆里找。摸了一手灰，才抽出妈妈的白色高跟鞋。妈妈的脚码真小，我的小脚趾委屈地蜷着，忍着痛在镜子前转了转，有点陌生，有点夸张。十四岁的小姑娘模模糊糊在想：再过十年，我是这个样子的吧？

紧接着，又对自己刮目相看了。镜子里有一个晃晃荡荡的瘦“男孩”。爸爸的一件绒布格子衬衫，不管三七二十一，脑袋钻了进去。再露出来时，发觉衬衫下摆一直垂到膝盖上。硬领子蹭着脖子，衣袖卷到臂膀上，腰里扎上一根皮带，顺手抄起桌上的一支白杆圆珠笔，在半空里一划，刺啦，着了。深深吸上一口“雪茄烟”，重重地踱着步，背着两只手——我是男孩汤姆·索亚，像模像样地抽着雪茄，计划着从家里开溜，去做一个海盗，在海上闯出一番轰轰烈烈的名声。

“花园”深处有一个亮晶晶的袋子，我从来没见过。好奇心大起，手一直绕过里外三叠衣服，要把它从底下抽出来，一时间显得困难重重。玻璃纸窸窸窣窣地响，我的心更痒了。碰翻了三叠衣服，取出了袋子，哗啦撕开，一块轻飘飘的丝绸滑出来了，两根细带子加前后两片衣料。

轻轻松松套了下来，一片薄薄的天蓝色云彩缓缓从头落到脚。小姑娘的眼睁大了，很近很清楚地看见自己浑圆的光溜溜的肩膀。转过身，哇，背上有一块淡淡的斑！原来，一直神秘地躲在我身后的胎记是这个样子的呀！小心地侧卧在沙发上，把裙子拉了又拉，生怕弄出皱痕来。

一只手撑着脑袋："做大人多舒服啊！睡衣滑滑的，短短的，特别凉快也特别好看。"

时钟像赤着脚在飞奔，一会就转了两三圈，我吓了一大跳。爸爸妈妈快下班了，可妈妈的"花园"被我翻得一塌糊涂。竭力回忆妈妈放衣服的顺序，满头大汗手忙脚乱又叠又放。终于，砰的一声，穿衣镜的门关上了，"花园"也关上了，一个下午的快乐与过瘾也跟着落了幕，意犹未尽……

傍晚，下班回家的妈妈放好洗澡水，上楼去给我拿睡裙。小姑娘的心怦怦跳，生怕……

鹅黄色的泡泡纱睡裙拿来了。妈妈剪了一大块泡泡纱做窗帘布，余下一点料子，巧手缝了两件圆领子的睡裙，简简单单，清清爽爽。

洗好澡，妈妈和我坐在宽宽的窗沿上乘凉。院子里的夜来香全开了，母女俩和窗帘浑然一色。

“一个人穿衣服很过瘾很开心。前几天晚上，你睡着了，妈妈把橱里的夏天衣服统统穿过来，一套套配好。今天给你打乱了，思路倒开阔了，又多了五六种新穿法。”妈妈笑嘻嘻的。

她已经发觉了我下午一个人干的事，却没有责怪我的意思。

呵呵，原来妈妈也被一个人穿衣服的乐趣陶醉过呀！

糖纸姑娘

小时候对色彩很敏感，喜欢把透明的彩色玻璃纸蒙在眼睛上，整个世界就被色彩过滤了一遍，就连灰扑扑的楼房也会生出平时没有的神奇光彩来。

为了收集各色各样的透明糖纸，就拼命吃很多糖，嘴里心不在焉含着糖粒，手指细细地把糖纸展平了，看了又看，然后夹在字典里。食品店各色各样糖果的大瓶子前，攥着几毛钱，一样买一粒。笑眯眯的卖糖果的阿姨一一照办，装在小纸包里交在我手里。攒了一厚叠糖纸，《小学生字典》增厚了一半，一直好好地藏在那里。

有一回去翻一本书，不小心带翻了这本字典，透明的彩色糖纸撒了一地。一张黑白的小照片粘在一张糖纸上，照片里缺了半个门牙的小姑娘咧着嘴在笑。攒了那样一大叠糖纸，小姑娘不知吃下去多少糖，牙齿都给甜坏啦。

赤橙黄绿青蓝紫，一地透明的缤纷美丽。蹲下来，一张张小心地捡起，实在不想辜负了这份收藏的美丽。

使劲地回忆与琢磨小时候曾经很高超的技艺——折纸。把摊在桌面上的书推到一边，兴致勃勃地一折一叠、一翻一翘、一接一压、一挑一插。七层的宝塔、展翅的小鸟和宽宽的短裤，简单的小式样温习过了，开始折复杂一点的小纸人儿。两张糖纸对折，沿着折缝对插，合成一个方方的小脑袋；三张小糖纸结成一条大辫子；四张彩纹纸拼成一条波浪花边的大摆裙。一个糖纸姑娘，倚着我的掌心亭亭玉立。

黄昏暗得发亮的光线里，玻璃纸熠熠生辉。光线流动且迷离，好似只要对着它们吹一口气，就会一点一点真的动起来。高高的宝塔下，小鸟飞翔，透明翅膀一扇一扇。小姑娘在无限大的桌面上开心跳舞，蓬

美妙四月，草长莺飞时节，女孩一个人循着前辈的来路，去寻回前生，去探究一颗生命的种子。那种快乐，暖暖的也重重的，珍藏在心底。

全上海最好吃的茶叶蛋在外白渡桥。那个冬天的夜晚，钱包给丢了，口袋里只剩几个硬币。一路走过南京路，麦当劳、肯德基什么的，全不敢多看一眼。一直走到外白渡桥，桥栏边一个小小的煤炉上煮着一锅香喷喷的茶叶蛋，老远就闻到那股香味了。

开的大裙子发出窸窸窣窣有点亮亮的透明的声音。

小姑娘越跳越起劲，越跳越兴奋，尖叫着："我要旋转，我要旋转……"

她忘了自己只是一个糖纸姑娘，那么脆弱，那么易碎。一大滴一大滴的汗珠落下来了，糖纸姑娘的身体在汗水里渐渐软下去，软下去……直到瘫软成一团柔柔的纸团。

编个故事，用亲手编就的糖纸造型，演出了一场透明的"皮影戏"，有形有影，有声有色。

我的郁家湾

了不得，一个小小村落，里面住着一群人。他（她）们全都姓郁，和我都有着或远或近的亲戚关系，有的要扯得很远很远，什么的什么的什么的什么……绕上一大圈儿，讲得嘴巴都发酸。

爷爷说，老辈人还讲得清，到了四十多岁这一辈儿，就纠缠不清了。

“大家都不大讲究了，我也不讲究了，来往也稀了。”爷爷的神情淡淡的。

可我不，缠着爷爷讲曾爷爷。三天的大好春光，别的同学都兴冲冲踏青去了，我一心一意只为曾爷爷而来老家，想知道曾爷爷，知道我生命的来处，想找到一颗存放在很远的时间与空间里的生命的种子。

“曾爷爷长什么样儿？”女孩子想认识一个人，一开始最关心他的脸。

“他在那里！”爷爷指指对面。

对面，只有一个大衣柜，一面大穿衣镜对着我们俩。

“再没有比我们更相像的父子了。你曾爷爷死了以后，你曾奶奶一见我，眼泪就流个不停。”

“胡子是黑的，比我密。”爷爷摸摸下巴，“眼睛更有神，两道剑眉。唱戏的人说，要扮武生，眉都不用画。穿短褂子的时候多。一年四季要挑担，担子把他压矮了，比我矮半个头。”

“走喽！”每天中午，爷爷都要去老年俱乐部，喝喝茶，斗上几副牌。

奶奶故去以后，每天尤其是大白天明晃晃的光阴，让爷爷觉得有点长。

跟着爷爷走，穿弄堂，走小巷，往镇外走。

“二十岁以前，你曾爷爷一直在乡下种地。家里有两三亩地，一家人吃穿还指望不上，就又租了几亩。”走在正午的日头里，有关曾爷爷的话头在一点一点深入。

年代久远，爷爷也记不大清楚了，所以言简意赅。我知道了，曾爷爷是个年轻勤勉的农民，死心塌地地伺候着土地，腿上的泥一天到头没干净过。闲了，他蹲在田头吹几声笛子，笛声一缕一缕飘出去。年轻的农民巴望着好收成，巴望着自己的土地一点一点扩大，直到不用再租别人的田。

一直走到镇子的尽头，有一顶拱桥跨在小河上。过了桥，就望得见农田和乡下的房子了。

好运气没有跟着曾爷爷。有一年歉收了，交了租，米缸里就没米了。曾爷爷只得欠租。欠租的人受到了严厉的惩罚，一串人绑着绳子游街，一直走到这座镇里乡下的人都要经过的小桥上。跪在桥栏边，脖子里挂着牌子，上面写着欠租多少多少。还是小伙子的曾爷爷经受了一场奇耻大辱，直到家里人用口粮把他赎回去。当晚，曾爷爷一副箩筐挑过了小桥，进了镇里，从此做了一名流动的水果小贩，一辈子不再回头做农民。

“过了桥一直朝前走，树林子后边有一片房子，就是郁家湾，几十户老姓里的人住那儿。找老人问问，他们会认得我郁剑章。”爷爷说着，开始往回走。

我继续朝前走。过了桥，心怦怦跳，终于一点一点走近郁家湾了。窄水泥路上光光的，迎面开过来一辆“木兰车”。我站住，盯着驾车的女孩的脸看，像是要在上面找到哪怕一丝与我相关的东西。她绝尘而去。时间过了那么久了，能把曾经相关的一切变得毫不相关。

树林子不大，一只癞蛤蟆突然从我脚边跳过，鼓着大眼珠子对我行注目礼。进了村子，我看到一个七八岁的小男孩在打谷场上打滚儿玩，裤子上全是灰。

我蹲下来，笑吟吟地问他：“你姓郁吗？”

男孩不吭气，翻了一半的跟头停了，一溜烟跑了，剩下我一个人立在场地上。我拿了一根稻草去喂卧着的一头老牛，牛竟然接受了，一寸一寸吞进口里，大眼珠深情地望着我。我再靠近一点，去拍拍它的身子。它心安理得，甩了几下尾巴。老牛老牛，你认得我吗？

一妇人嘻嘻笑着走过来问我，找宅头上的哪家。

我一时语塞。我来看看郁家湾，看看曾爷爷曾经耕种过的土地。我的寻找没有具体的对象，他们早就湮没在久远年代里了。

“长庚妈妈，她，她还在吗？”脑子里冒出一个人来，因为爷爷讲过的往事太有趣。

长庚伯伯是爷爷的堂侄子，年纪越大，耳朵越背。老夫妻俩最喜欢半夜一觉醒来谈谈心，讲点悄悄话。

长庚妈妈哇啦哇啦地讲，长庚伯伯偏不服气：“我听得见，我听得见。”

左邻右舍半夜就常被这对老夫妻的床头“悄悄话”叫醒。

妇人嘻嘻一笑，径直把我领进她家门，在西厢房唤了一声。出来一个驼背的老太太，我说了爷爷的名字，她的眼睛就发亮了，赶着叫那妇人（是长庚妈妈的女儿）到田里摘些新鲜菜。

“你该叫她阿姐。她都做奶奶了。”

小男孩在房间里窜来窜去，眼珠滴溜溜偷偷望着我。

“过来，叫姨婆！”长庚妈妈把小男孩推到我面前。

可折杀我了！在郁家湾，我竟算得上是“祖母级”人物了。

长庚妈妈也说不大清曾爷爷这一脉里的事。长庚伯伯去世了，他知道得清楚些。

“小姑娘有心啊，还想着到老宅望望。”她一个劲夸我，把我拉到跟前，摸摸头，摸摸肩，摸摸背。

我垂下头，心里潮潮的，暖暖的。

满载而归，拎了一袋毛豆、十几根丝瓜、一大瓶酱瓜。

长庚妈妈送我出了树林子：“往后，多来望望。郁家湾多的是你老姓里的人，就算不认得，也会觉着亲哩。”

我特地弯到一大片农田里。一个戴着草帽的老头坐在锄头杆上吸烟。我的曾爷爷，当年锄完草，也是这样歇息在田头，怀里摸出笛子，轻悠悠吹一曲。要是有足够养活一家子的土地，曾爷爷会有滋有味地做上一辈子农民的。

土地伤了曾爷爷的心。他自尊地向前走，不回头，从乡村走向城镇，我们生命的因子因此有了一种不大不小的迁徙。尔后，他的后代像蒲公英的种子一样四处撒落并开花。到了第三代、第四代、第五代……他们还会探究生命的源头——这样一个树林子后边的小小村落吗？

我走上那座小拱桥。在这里，曾爷爷一根扁担两只箩筐离开郁家湾，倔强地一去不复返。蹲下来，轻轻抚着桥面、桥栏。桥栏上的刻纹模糊不清。膝盖触到凹凹凸凸的桥面，我的心里有点疼。曾爷爷曾在这里下跪。

美妙四月，草长莺飞时节，女孩一个人循着前辈的来路，去寻回前生，去探究一颗生命的种子。那种快乐，暖暖的也重重的，珍藏在心底。

“李白”

很小的时候，我是胖小囡，手臂像藕，一节一节全是肉肉。胖小囡好喂，爸爸把鸡蛋打得碎碎的，放在奶糕里煮，又滑又糯又香。胖小囡顶爱吃这个，一口口起起落落，津津有味。小嘴张得开开的，舌头是一条传送带，舌尖搭一口，舌面留一口，还有一口正滑进喉咙。爸爸运送得不亦乐乎，生怕传送带上短一口，胖小囡立即卡壳，哇啦哇啦挺喉咙大哭。

胖小囡一会走路，就迈开小腿满世界找吃的，东家饭，西家菜，大摇大摆一家家吃过来。

胖小囡知道了玉萍家炒螺蛳好吃，还省力。玉萍妈用牙签挑出肉来，一个个送到胖小囡嘴巴里。胖小囡知道了吴家老公公家的卤蛋味道最足，毛毛家的腌菜爽口……乐不思蜀。妈妈找来，她钻到人家桌底下不肯出来。别人家的饭就是比自家的好吃！

胖小囡长大了，胃口好，身材也不错，从来不怕吃胖了。吃起来爽爽快快、香香甜甜，由衷地享受吃的快乐。走到东，走到西，都有人乐得煮菜给我吃，一吃三叹，把厨师们都美死了！

最怕碰到那样的小姐：面对一桌佳肴，皱眉叹气，手指懒得一动，浅尝几口，就捂着肚子叫“吃不下了”，扫了一桌人的兴。这样的女孩，不见得对人有多么热心，对生活有多么热爱。

身边有个小钱包，就有了吃的自主权。有时不用由着妈妈煮什么吃什么，带上嘴巴一个人出去找吃的。肚子一饿，鼻子就像小狗一样灵，茶叶蛋的五香味、油炸豆腐的卤香味、烤红薯的焦香味、油饼的葱香味，一阵阵全吸在鼻子里，迅速辨别方向，朝最爱吃的那摊儿走。

全上海最好吃的茶叶蛋在外白渡桥。那个冬天的夜晚，钱包给丢了，口袋里只剩几个硬币。一路走过南京路，麦当劳、肯德基什么的，全不敢多看一眼。一直走到外白渡桥，桥栏边一个小小的煤炉上煮着一锅香喷喷的茶叶蛋，老远就闻到那股香味了。总算找到了我能买得起的吃的，一连要了三个。第一个下去的速度最快，都来不及剥第二个。

阿婆的声音软软的：“慢慢吃，我来给你剥。”

蛋大概已经煮了好几个小时，茶香和调料的滋味全部透到蛋里去了。身体暖和了，情绪顿时好转，齿间留香，一路兀自回味个没完。

臭豆腐干吃得最多的一次，一口气吃了六串。不是因为那个摊位味道特别好，而是因为那时我在生闷气。和同舍的一个蛮丫头拌嘴了，眼睁睁吃进不少明枪明弹，于是把气全撒在油煎臭豆腐干上。横拿小竹签，咬牙切齿像啃鸡腿，咬一块头甩一下，甩一下头咬一块，胸口的郁结倒一点点松了。

摊主的一双小儿女斗嘴玩儿：“臭鸡蛋、臭鸭蛋、臭皮蛋、臭冬瓜、臭黄鱼……”

一路“臭”下去，忽然卡住了，再没什么可“臭”

的了。

我高叫一声："臭豆腐干！"

一摊子的人呆了一下，旋即大笑。解了气的我，肚子胀鼓鼓的，嘴巴油兮兮的，笑嘻嘻地回宿舍了。

中秋联欢，教唐宋文学的老师出了一则谜语：李白，打一小吃名。

众人皆托腮苦思。

我不假思索站起来回答："油煎臭豆腐，里面白外面焦。"

大家笑得七颠八倒。

老师问我何来灵感，答曰："找吃找来的。"

"我也爱吃，金黄脆软，香溢四方。"

"而且越臭越香。"

两人拊掌大乐，引为同好。

联欢会一结束，大家一窝蜂跟我出去，忙得弄堂口的摊主手忙脚乱，竹筷子在沸腾的油锅里翻个不停。我们吃完了一板子的臭豆腐。在金黄的中秋圆月下，享受金黄的小吃，感觉十分美妙。和我拌嘴的那丫头，贪心蘸了一大摊辣酱，嘴巴张得老大，舌头伸得老长，直哈气。那副尴尬相，着实比平时可爱多了。

与她相视一笑，顿时互泯恩仇。

圣诞卡

春天过去了，夏天过去了，秋天过去了，冬天也过去了。年年都渴望拥有一个下雪的圣诞，在平安夜里做一个银装素裹的梦。

走在川流不息的人群里，校园信箱也有了塞得再也挤不下的时候。每年这时候，收信的老伯伯都在信箱边放一只大大的箩筐，筐里很快飘满了雪片似的卡片。

我总微醺在圣诞的祝福里，寄出一批卡又迎来一批卡。潮涨潮退，让我快乐的是还有那么多朋友记得我。寂寞原是一年又过，校园里的圣诞梦又谢三回。

一年，一年，又一年，不变的是素不相识的顾先生的祝福。

我们谁也没有见过谁，也从未想过哪一天我们会面对面。他甚至不知道我的名字，我只是他笔下的Y•J小姐。这是素不相识的我们之间一个美丽而饶有情趣的秘密。

每年圣诞，总会收到他如期而来的祝福，在众多祝福中也总期待着这份特别的祝福。人越大，好像也越能体味这样一种奇妙的意味。

大一时，信箱里常有些错投误寄的信。女孩们按捺住一份活泼泼的好奇心，故意把它们轻描淡写丢在寝室里的桌角上。不知是哪一次谁忍不住把一封信剪了一个口，我们便自然而然成了它的读者。

这类莽撞的客人仍旧偶尔到来，很多时候大家都很无聊，拆拆这些不知寄给谁的信，竟也成了我们一份恶作剧般的乐趣。

那个圣诞夜，我收到了一张没有主人的卡。我看到它的时候，装它的信封已被剪开了一个口，静静躺在桌面上，像个无依无靠的孩子。卡很特别，封面是古铜色底上一排古色古香的战国编钟，里面装饰着一张微型的小唱片，好精致好漂亮！卡上题字的那位顾先生流露的却是一派大病后的凄怆与无奈。

女孩们都好羡慕那张卡的主人——不知如今在何处的郝小姐。那夜我点着蜡烛写日记，在女孩们不安的辗转与梦呓中，忽然感受到一个灵魂的孤独与无助。

紧接下来的那个周末，回校时女孩们带着惊异问我，有一封“Y•J 小姐收”的信是不是我的。她们兴奋地围着我，叫我快快拆开。拆开一看，女孩们和我都哇哇大叫。那竟是一张和寄给郝小姐一样的卡，一样古色古香的编钟图案，一样可爱的小唱片。

顾先生在卡上告诉我：“善意的行动换来一个美意的结果。Y•J 小姐，你已成为这张你羡慕的卡的主人了！”

就像很久很久以前放飞的风筝竟然又在眼前出现了，我拥有了一份意想不到的陌生人的祝福。顾先生在信中深深感慨，在这个社会，这样的事实在太少太少，所以他才感到喜悦。在信结束时，他在猜 Y•J 代表着怎样两个美丽的中文字。

那个圣诞夜，我收到了一张没有主人的卡。我看到它的时候，装它的信封已被剪开了一个口，静静躺在桌面上，像个无依的孩子。

一个孩子每天长大，每天朝前走。那孩子遇见了谁，遭遇了什么，他就变成了谁，他就成为了什么。

大二的圣诞，顾先生的祝福又翩然而至。一个美意的行动，得到了一份美丽的延续。

顾先生别出心裁在小卡中贴了一张小小的全身照，并宣称：“在新的一年，我愿意首先开放我自己。”

我的心中又充满了惊异与快乐，也好想告诉他，我是个普普通通的女孩子，常常躲在课堂里的最后一排偷吃话梅，也常常在圣诞节的早上睡个大大的懒觉。大二，我的圣诞梦做得如此酣畅而无忌。

至于Y·J的背后蕴藏着什么，我对顾先生说：“嘘，不要打破它，好吗？”

今年的平安夜又悄悄降临，我正好要上夜课。课结束后，我和同室的峰峰和阿娥疯疯癫癫跑到田林路去吃热锅贴和冰蛋筒。近处的农业大厦彩灯闪烁，红男绿女衣饰华美进进出出。我们怡然自得地舔着油手咬着蛋筒，享受我们的“圣诞大餐”。

校园里的圣诞梦就像毛姆的一篇小说名：《六个便士与一个月亮》。大三的心情，淡泊而平静。往年贺卡蜂拥而至，今年贺卡少了许多。在这一年中，总觉得自己在向“梦醒时分”靠拢。

顾先生的祝福也调侃着要唤醒我了。卡片里的小男孩在一张又暖又高的床上睡得香极了。

顾先生在画外呼唤我："是不是在这张床上睡得很舒服？该醒醒啦，9号信箱也该让位了！"

心急的顾先生，大概等不及我还有一年的圣诞梦了。在外面的世界里挣扎的他，或许也羡慕起我这个在校园里恬然做着梦的女孩了吧？

不知明年圣诞，顾先生会不会如期而至，唤醒我校园里最后一个梦。

哦，但愿那时下雪，把我的梦漂白……

我的朗读课

很多个和小读者见面交流或演说的场合，我无数次朗读美国诗人惠特曼的诗句：

一个孩子朝前走
他看见最初的东西
他就变成那东西
那东西就变成了他的一部分……

一个孩子每天长大，每天朝前走。那孩子遇见了谁，遭遇了什么，他就变成了谁，他就成为了什么。

在我学业的一头一尾，分别遇见过两个老师：小学时代的吴宗奎老师，大学时代的梅子涵老师。结果在小学这头，爱上儿童文学；在大学那头，走上儿童文学的道路。

很多很多年前，我在上海西郊一座古镇上生活，遇到了慈爱热烈的老爷爷一样的老吴老师。他宿舍里的湘竹书架是我童年最好的图书馆。每次去，老吴老师总一边推着眼镜一边循着那些旧旧的书脊热切地搜寻。忽然，他眼睛一亮，指尖轻轻一捅，一本书应声而落。他飞速地翻到某一页，用充沛的感情为我朗读一些句子或一些段落。它们来自那些旧旧的《儿童文学》杂志，来自老诗人田地、臧克稼的诗集，来自苏联作家诺索夫精彩的儿童小说……

老吴老师也会念自己写的散文诗。

有次他写到了蒲公英。

读到蒲公英飞翔又降落，他突然停下来，揉揉鼻子对我说："雨君，你也有一对翅膀。喔，不用找，它们不在你的背上。哈，也不在你胳肢窝里。它们是看不见的！有一天，你会突然一下打开翅膀，然后飞得很高很远……”

老师鼻音很重却很洪亮的声音（他有经久不愈的鼻炎）高低错落交织在无数个踮着脚尖倾听的小学生的日子里，纷纷扬扬落进一个小姑娘的心田。

在松江二中我度过了一段怏怏不乐的少女期，图书馆成了我最好的避难所。我像现在的女生一样，对着电影杂志上的明星发傻，或者一头扎进某本言情小说悄无声息地念呀念呀，整个人跌入少女想入非非的白日梦里。

大一的新生大会，我习惯性地坐在角落里。就在那个下午，梅子涵老师站到了讲台上，说要招收一个小说班。他讲话时没看任何人，只看着半空中的某一点，语调平静。其中好像有这么几句话：你们中间肯定会有作家的种子，等待被浇灌，然后发芽，然后生长。

我报名参加了梅老师的小说班。我记得第一堂小说课，梅老师用柔和明亮的男中音朗诵蒲宁的小说《轻轻的呼吸》。

蒲宁笔下那个十五岁的俄罗斯少女奥丽雅对女伴说：“我爸爸有很多滑稽可笑的古书。我在他的一本书里读到，女人怎样才算美。比如说，要有油亮油亮的眼睛……还有漆黑漆黑的睫毛，柔嫩红润的脸蛋，苗条的身材。但主要的你知道是什么吗？轻轻的呼吸！我就是这样的——你听我怎么喘气——真是这样吧？”

那个被朗读激活的故事击中了我的心房，忽然觉得这一辈子如果能写出这样一篇小说，就是幸福的。从此，少女“轻轻的呼吸”，就一直弥漫在我的生命里了。

我交出了第一篇作品，还不是一篇小说，只是一篇诗歌评论。可是，老师看着看着，点着其中一段兴高采烈地读出声来。我的文字在老师的声音里忽然生出一对曼妙的翅膀，活生生地飞起来啦！

“雨君，你也有一对翅膀。喔，不用找，它们不在你的背上。哈，也不在你胳肢窝里。它们是看不见的！有一天，你会突然一下打开翅膀，然后飞得很高很远……”

那一刻，我听到了老吴老师慈爱的声音。我确信自己终于“突然一下打开”了那对“看不见的翅膀”！

现在，我算飞起来了吗？我算飞得很高很远了吗？

我不知道，可是两个老师和他们朗读的声音，让我笃信了这样一个奇妙的真理："故事是活在讲述中的。假如故事没有被人类的声音大声朗读过，没有被一双睁得大大的眼睛在毯子下随着手电筒的光追寻过，它们在这个世界就不算真正地活过！"

所以，每次写作，我都会轻轻朗读我写下的每一个字，用不标准的没有前后鼻音的上海普通话。我还想象它们被某一个声音朗读，想象它们像蒲公英的种子，落在泥土里，一点一点鲜活起来。

这时，两个老师和他们朗读的声音，就会穿越时空，一左一右，在我四周轻轻扑扇……

长大有意思（代后记）

我看到一个故事，它拥有奇异的想象力，说一个女人领养了一颗星星，喂它吃东西，还给它盖被子。她丈夫不高兴了，说，要星星干什么呢，它没有眼睛。女人说，可它会发光。丈夫又说，星星不会走路。女人说，可它会滚来滚去。星星越长越大，先是再也没办法睡在床上，后来干脆连屋子也装不下了。有一天晚上，星星远走高飞，再也没有回来。

看完了，有一点迷迷糊糊的感伤。孩子在妈妈眼里都是完美的，哪怕他有再多的缺陷再大的麻烦，妈妈都会付出无条件的爱，没有回报的爱。可是孩子一天天不可抗拒地长大，一步步走向川流不息的人群，一步步走向广阔的世界，小小的屋子小小的家就再也装不下他越来越宽大的眼界和心眼了。

长大，总是意味着和母体最终的脱离。

我也是一颗远走高飞的星星，到现在有时候我都没有信心去抵抗妈妈爱护的唠叨。母爱里有不可理喻的成分，它既琐碎又伟大。

父母家离我不远，两个小时的路程，我却很少有空去看他们。我常常有种很强烈很无力的感觉：父母是以衰老和孤单的代价来换取我的自由和独立的。每个孩子注定都是远走高飞的星星，会让父母黯然神伤，因为长大的另一面就是挣脱和背弃。

开头的那个故事让我站在父母的角度感伤。妈妈给你盖被子，给你做东西吃的日子，在长长的一生里，算起来很短很短。短短的在一起的日子，妈妈喜欢你长大又害怕你长大。在她甜蜜中夹杂着痛苦的矛盾里，你还是迫不及待地长大了，因为世界上再也找不到一件比长大更有意思的事了。

长大是一个会生长会变化的字眼，可以有各种各样的比喻：掉牙齿了，长羽毛了，脱壳了……再也找不到一样事物像它那样日新月异，从头到脚连带灵魂一起变化。它一点也不玄虚，相反，它最丰富最实在。要是你敏感一点仔细一点，每天都能感觉到它带着你往前赶。速度不是很均匀，不小心的话，你还会倒退，甚至摔跤。

《催眠》里，王菲似乎漫不经心地唱着：“第一口蛋糕的滋味，第一件玩具带来的安慰，太阳上山太阳下山，冰淇淋流泪。”

你心跳，你喘气，你发疯一样地喜欢或者讨厌一个人或者一样东西。你使劲地哭过笑过，当时觉得很难忘很漫长。可能感染上某些忧郁，却就像你舔过的一只冰淇淋，很快在甜美而短暂的眼泪里消化掉了。

王菲接着唱下去：“第二次吻别人的嘴，第二次生病了需要喝药水，大风吹大风吹，爆米花好美。”

悲伤着你的悲伤，幸福着你的幸福，很多的未知非得你亲身尝试才能有知觉。格林童话里就有一个一心一意要学习发抖的孩子，他觉得不知害怕是什么样真是一件糟糕透了的事情，所以不顾一切自讨苦吃要去体会它。结果，他得到了幸福。所以长大也是苦尽甘来的味道以及某一刻豁然开朗的结局，从此你的世界变得又香又美。

我就不打算放走那些难忘的人和难忘的体验，哪怕当时充满了眼泪和苦痛。它们充满营养，让一个人最后终于能够盛开。

不知别人能从王菲这首歌里听出点什么，女生大概尤其能和《催眠》惺惺相惜。我感觉王菲实在是在唱着一个女孩的长大，有点震撼有点无谓，有点迷乱有点欢喜。在一天接一天的日子里，我们和太阳一起上山下山。

我不喜欢长大只是从新学期的第一课一直读到最后一课，从“老师好”一直到“老师再见”。

我不喜欢长大是只晓得往一处下死劲，练琴、画画或者学别的，急不可耐往大人眼里的有出息的未来里钻。

我也不喜欢长大是东游西逛，深一脚浅一脚陷在想入非非中，让时间打着水漂一样一大片一大片掠过。

我喜欢的长大，是永远新鲜，保持孩子般的好奇、少年般的旺盛，没有一秒停止探索和发现，不断惊奇，发芽般痒痒，快活地探头探脑。

我喜欢的长大，是没完没了的变化，像我最喜欢的英语单词：Moon。我把两个圆圆的o看作两张脸，一张是我，另一张随时填充陪伴在我身边的人或事物。

月亮的脸总是偷偷在改变，不知疲倦。

我喜欢的长大，还是全神贯注于自己的目标，特立独行，拥有坚定的内心，只管用自个儿能用的方法，一心一意地努力前进。

所以，至今我仍慢吞吞磨蹭在长大里。有多少惊奇埋伏在长长的路上，眼睛有看不完的风景和书本，嘴巴有尝不完的滋味说不完的话题，鼻子有呼吸不完的空气闻不完的气味，耳朵有听不完的声音和故事。最奇妙是心灵，柔软地一张一合，不知道有多少奇妙丰富的情绪和感觉变化呢！其实人的年纪，不是那种表面上的数字。真的，表面上的数字不可靠。它至少有两层，一层露在外头，一层藏在底下。

全心全意感觉长大，全心全意表达长大，我毫不怀疑，每个长大的孩子都将过上不一样的生活。

把未来揣在口袋里，上路吧，请头也不回地往前跑。